近江の小倉百人一首

おうみのおぐらひゃくにんいっしゅ

いかいゆり子

はじめに

滋賀県の中学校や高校の国語教師を三〇年務め、平成一六年（二〇〇四）に退職した。その後、白洲《しらす》正子《まさこ》『かくれ里』（新潮社、一九七一）全二四章のうち八章を占める近江の現地を訪れ、その訪問記事を六年半、季刊誌「湖《こ》国《こく》と文化」（滋賀県文化振興事業団）に連載。それらを平成二三年（二〇一一）、『近江のかくれ里―白洲正子の世界を旅する―』（サンライズ出版）として一冊にまとめた。

　また、現在に至るまで、地域での古典講座で『万葉集』や『平家物語』、『おくのほそ道』をみなさんと読んできた。その説明資料をつくるためにゆかりの地を訪ねてきた。

『おくのほそ道』では、東京の千住《せんじゅ》から中尊寺《ちゅうそんじ》、象潟《きさかた》を経て大垣までを訪ね歩いた。その体験をもとに平成二七年（二〇一五）にまとめた『近江の芭《ば》蕉《しょう》―松尾芭蕉の世界を旅する―』（サンライズ出版）では、芭蕉が生涯に詠んだ九八一句のうち、近江で詠んだ一〇二句と、県内にある句碑を紹介した。

　本を片手に現地へ訪ねていただき、近江の素晴らしさを体感してもらいたいとの思いから、いわば「近江の文学の道先案内人」として活動してきたつもりである。

次の講座で『小倉百人一首』を扱うことを公言した。幼いときから「かるた」などで親しんできたものの、内容はよく理解していないとおっしゃる方が多く、近江にまつわる百人一首を縦軸に、これまで私が重ねてきた取材で知り得た情報を横軸として、ゆかりの人物や土地、歌碑などを訪ね歩くことにした。研究という大層なものでなく、百人一首の歌人ゆかりの地や歌碑などを楽しんでもらえたらと思っている。

資料を探していくうちに、白洲正子が『私の百人一首』（新潮社、一九七六）を出版していることがわかった。その冒頭に「六十の手習とは、六十歳に達して、新しくものをはじめることではない。若い時から手がけて来たことを、老年になって、最初からやり直すことをいうのだ」と述べている。

私も「六十の手習」のつもりで、『近江のかくれ里』で縁のあった白洲正子の著書をひもときながら、近江の文学散歩をしてみようと思う。教員を退職してからの私自身の集大成でもある。

近江にゆかりの地や歌碑などがある歌二九首を取り上げた。一〇〇人の歌人相互の人間模様を理解するとさらに興味が湧くことに気づき、近江にゆかりのない歌も、親子や孫などの人物名とともに紹介することにした。本書を参考に近江のゆかりの地や歌碑などを訪れていただき、『小倉百人一首』を身近に感じていただければと思っている。

正子は『私の百人一首』の中で、「はじめにもいったように、私は百人一首についても、定家についても、浅薄な知識しかない」「百人一首に関する本は無数にでているので、私などに新しい発見がある筈《はず》もないが、自分の感触だけは見失いたくない」と述べている。『かくれ里』以来彼女の独特な「感触」に魅せられてきた私が、正子の『私の百人一首』を参考に、歌を契機としてどれだけ近江関連のものが引き出せるか迫ってみたい。

なお、今回出版するにあたって、歌にはいろいろな表記があることがわかった。『小倉百人一首』を撰歌した藤原《ふじわらの》定家《さだいえ／ていか》の原本が残っていないため、それ以降に筆写された文献ごとに表記が統一されていないのである。本書では、「東洋文庫蔵の素庵筆といわれる古刊本」を底本とする島津忠夫訳注『新版　百人一首』（角川ソフィア文庫、一九九九）での表記を採用し、現代語訳（歌意）も引用させていただいた。

目次

書名揮毫 小谷 抱葉
撮　影 中川仁太郎

■凡例

1

歌①　天智天皇《てんじてんのう》

秋《あき》の田《た》のかりほの庵《いほ》のとまをあらみ
わがころもでは露《つゆ》にぬれつゝ

きまり字　「あきの」の三字

- 『小倉百人一首』の歌と現代語訳（歌意）は島津忠夫訳注『新版　百人一首』（角川ソフィア文庫、一九九九）から引用した。
- 1は本書で紹介する歌の通し番号。天智天皇と書いてあるのは歌人を表す。歌人のふりがなは現代仮名遣い、歌は歴史的仮名遣い。
- **歌①**は『小倉百人一首』内での歌番号。近江ゆかりの歌だけを取り上げたため連番になっていない。
- 万葉仮名にふりがなを付けた（例「君待登《きみまつと》」）。万葉仮名とは漢字の表す意味とは関係なく、漢字の音や訓を借りて日本語を表記するのに用いた漢字。万葉集に多く用いられているのでこの名がある。
- 歌碑などに使用されている変体仮名は表記が難しいので元の漢字に戻して、ふりがなを付けた（例「𛀁」→「阿《あ》」、「あ」→「安《あ》」）。変体仮名とは、現在、一般に用いられている平仮名とは異なる字体の平仮名。明治三十三年（一九〇〇）小学校令施行規則で一音一字に統一された平仮名以外の平仮名。
- きまり字とは、かるたの取り合いで何字目まで聞けば札が確定できるか、その文字のこと。
- 歌碑のおおよその大きさを「高さ×幅」で表した。形や計測の仕方により異なる。

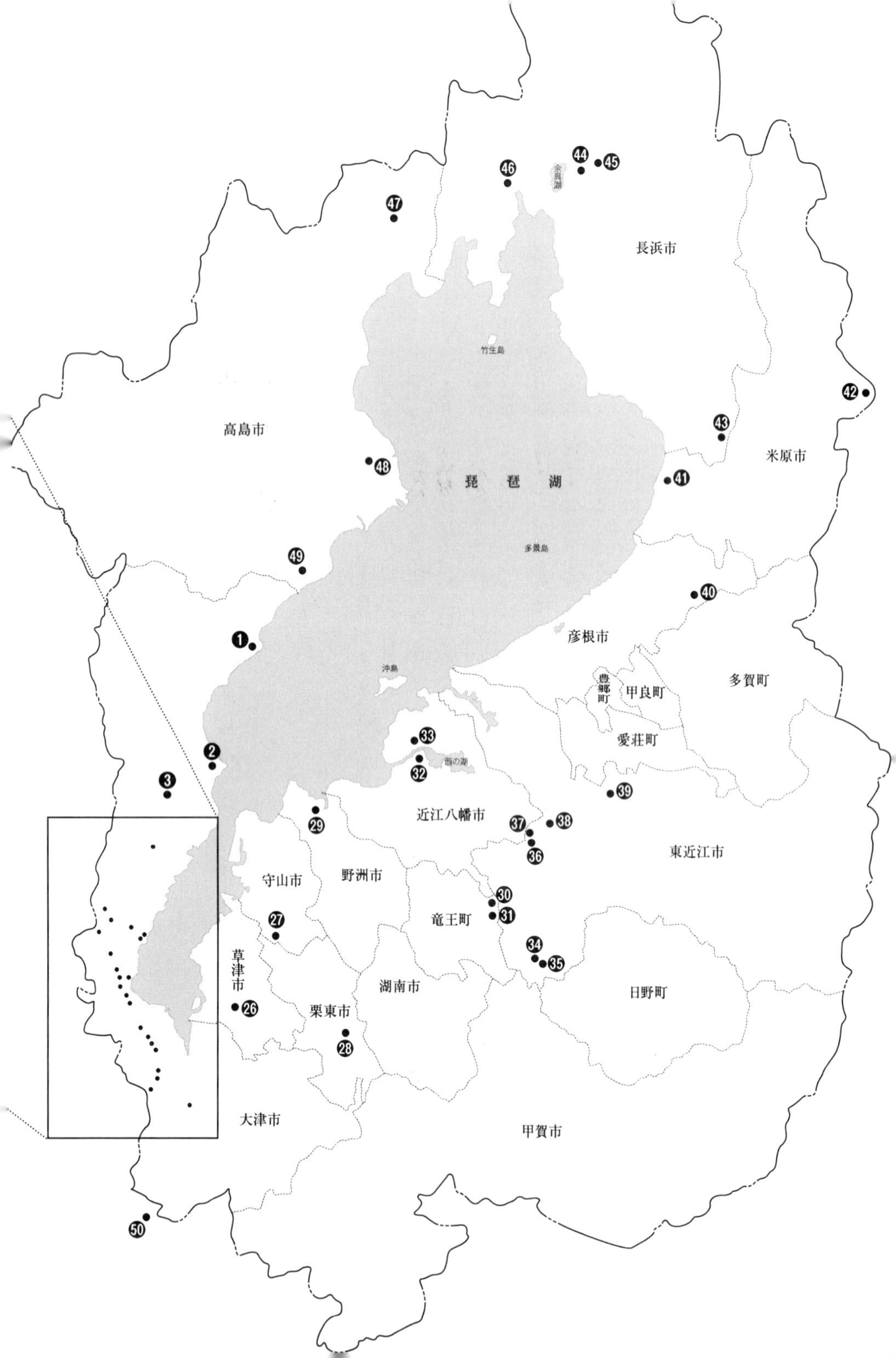
長浜市
米原市
高島市
琵琶湖
竹生島
多景島
沖島
西の湖
彦根市
豊郷町
甲良町
多賀町
愛荘町
近江八幡市
東近江市
守山市
野洲市
竜王町
草津市
栗東市
湖南市
日野町
大津市
甲賀市
1
2
3
26
27
28
29
30
31
32
33
34
35
36
37
38
39
40
41
42
43
44
45
46
47
48
49
50

滋賀県訪問地図

通し番号は第二章参照

市	地区	名称など	通し番号
大津	南小松	❶雄松崎湖岸	2
	小野	❷小野神社・小野篁神社	4 6
	伊香立南庄	❸融神社	7
	坂本本町	❹安楽律院	27
	坂本本町	❺延暦寺東塔文殊楼	26
	坂本本町	❻紀貫之墓	14
	坂本本町	❼無動寺明王堂	26
	坂本	❽慈眼堂	17 18 19
	唐崎	❾湖岸緑地唐崎苑	2
	唐崎	❿唐崎神社	16 25
	滋賀里	⓫志賀大仏・崇福寺跡	13
	神宮町	⓬近江神宮	1 2
	錦織	⓭大津京シンボル緑地	1 2 23
	錦織	⓮近江大津宮錦織遺跡	2
	柳が崎	⓯琵琶湖大津館横柳が崎湖畔	2
	皇子が丘	⓰大津京駅前	1
	御陵	⓱大津市役所	2
	園城寺	⓲圓満院門跡	20
	三井寺	⓳長等神社	23
	小関	⓴長等公園桜ヶ丘広場	23
	逢坂	㉑関寺跡（長安寺）	4
	逢坂	㉒関蟬丸神社	4 5 14
	逢坂	㉓逢坂の関記念公園	5 12 19
	大谷	㉔月心寺	4
	石山	㉕石山寺	16 18

市	地区	名称など	通し番号
草津市	野路	㉖萩の玉川	22
守山市	焔魔堂	㉗十王寺	6
栗東市	荒張	㉘大野神社	11
野洲市	菖蒲	㉙菖蒲浜	18
竜王町	川守	㉚雪野山大橋	1
	川守	㉛妹背の里	1 17 21
近江八幡市	北津田江	㉜百々神社	18
	北津田江	㉝大嶋・奥津島神社	1
東近江市	下麻生	㉞山部神社	3
	下麻生	㉟赤人寺	3
	糠塚	㊱万葉の森船岡山	1
	市辺	㊲船岡山山頂	1
	八日市本町	㊳市神神社	1
	北菩提寺	㊴押立神社	9 10

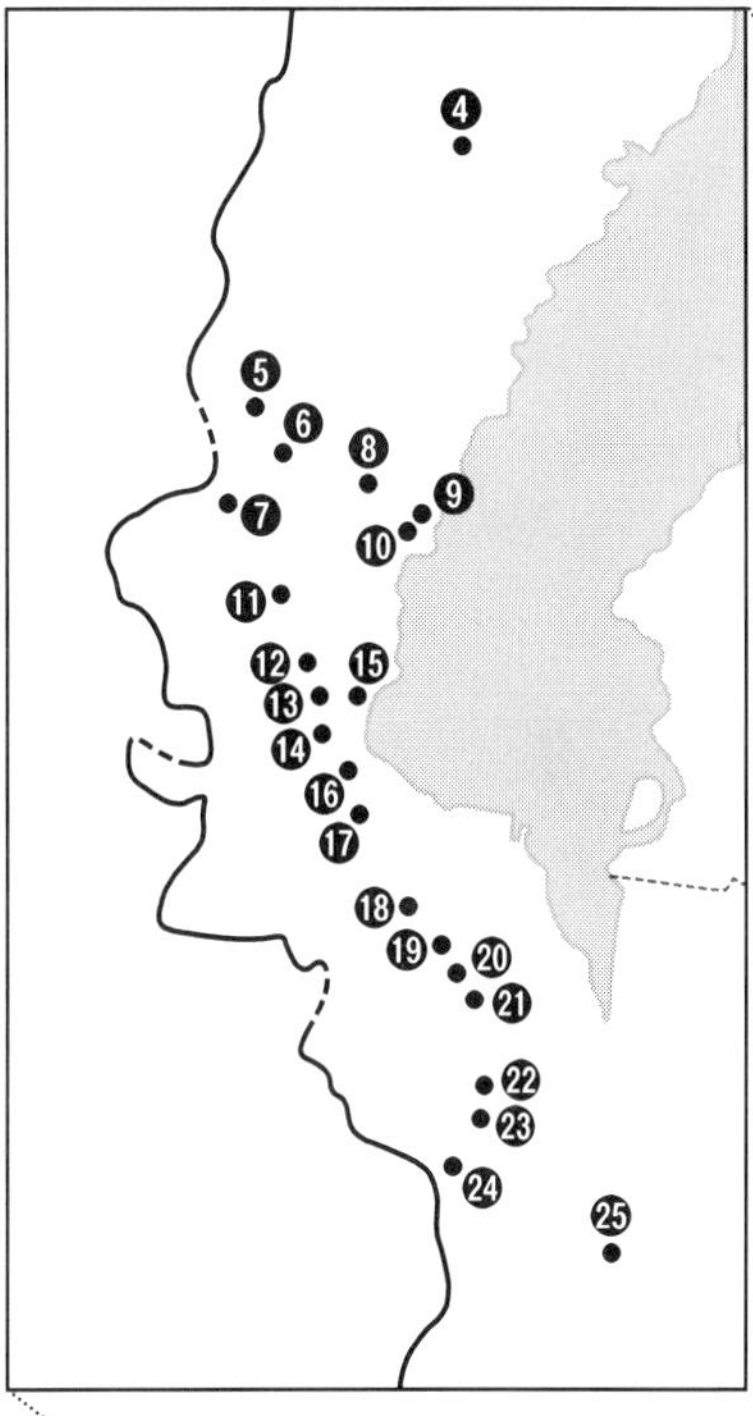

市	地区	名称など	通し番号
彦根市	小野	㊵小野塚	4
米原市	朝妻筑摩	㊶朝妻港跡	24
	藤川	㊷寓居跡・墓	27
長浜市	名越	㊸後鳥羽神社	28
	余呉坂口	㊹里坊弘善館	11
	余呉坂口	㊺菅山寺	11
	塩津浜	㊻塩津北口バス停	18
高島市	在原	㊼業平の墓	8
	大田	㊽大田神社	11
	鵜川	㊾白鬚神社	18
京都府	宇治田原	㊿猿丸神社	29

第一章

小倉百人一首とは

撰定と名称

「百人一首」とは、一〇〇人の歌をそれぞれ一首ずつ撰《えら》んだ秀歌集である。将軍足利義尚《あしかがよしひさ》撰『新百人一首』や、「武家」「女房」「道歌」「英雄」などを冠した百人一首の類が多数つくられ、江戸時代には歌がるたとして流行した。また、第二次世界大戦（一九三九～一九四五）中には『愛国百人一首』（日本文学報国会）などもつくられた。平成五年（一九九三）、滋賀県教育委員会が発行した『近江百人一首』では、近江を詠んだ歌を一〇〇首撰んでいる。

百人一首の代表格である『小倉百人一首』は、藤原定家《ふじわらのさだいえ／ていか》（一一六二～一二四一）が、飛鳥《あすか》時代から鎌倉時代まで約六〇〇年間の代表的な歌人一〇〇人の歌を撰んだもので、一三世紀前半の成立とされる。治承《じしょう》四年（一一八〇）から嘉禎《かてい》元年（一二三五）までの五六年間の克明な記録である定家の日記『明月記』文暦《ぶんりゃく》二年（一二三五）五月二七日に、息子為家《ためいえ》の妻の父である宇都宮蓮生《れんしょう》の京都嵯峨《さが》にある別荘の襖《ふすま》に貼る色紙を撰歌して揮毫《きごう》することを頼まれて、天智天皇から藤原家隆《いえたか》、雅経《まさつね》までの歌各一首を撰んだと記されている。『小倉百人一首』では**歌**94が参議雅経、**歌**98が従二位《じゅにい》家隆となっている。現在の形になるまでに何度か改訂や差し替えがあったと推測されるが、その経緯はよくわかっていない。定家が撰んだものをのちの人が差し替えたとするのが一般的である。

その原型については、同じく定家撰の『百人秀歌』とする説がある。『百人秀歌』は昭和二六年（一九五一）に国文学者の有吉保《ありよしたもつ》氏がその存在を明らかにした秀歌集で、『小倉百人一首』とは九七首の歌が一致するという。『小倉百人一首』に撰ばれ、『百人秀歌』に入っていないのは、**歌**⑨⑨後鳥羽院《ごとばのいん》と**歌**⑩⑩順徳院の二人。反対に、『百人秀歌』のみに見られる歌人は三人。これは『小倉百人一首』が一〇〇首撰んでいるのに対して、『百人秀歌』は一〇一首撰んでいるため。つまり、人数が一人多かったためである。また、**歌**⑦④源俊頼の歌は、両者で別の歌が撰ばれている。

さらに、『小倉百人一首』では「従二位」となっている藤原家隆の官位が、『百人秀歌』では「正三位《しょうさんみ》」となっている。調べると家隆の官位が「従二位」になったのは嘉禎《かてい》元年（一二三五）である。文暦二年（一二三五）は九月一九日以降に嘉禎元年になっているので、家隆の官位の表記からも『小倉百人一首』は『百人秀歌』の後に成立したと推定される。また、承久《じょうきゅう》の乱（一二二一）で鎌倉幕府に敗れた後鳥羽院と息子・順徳院の歌が入っていないことなどからも、『小倉百人一首』に先立って『百人秀歌』が成立したとの意見が大勢を占めているようである。

一〇〇人の歌を歌集とすることは平安時代から盛んに行われていたが、「百人一首」という名称は、室町時代から用いられるようになったと考えられている。『小倉百人一首』もまた、定家が京都嵯峨の小倉山の山荘で一〇〇首を撰んだことから後世の人が名付けたものであって、定家が名付けたものではない。

撰歌の疑問

各人の代表的な歌が入っているとされるが、そうとも思われない歌が入っているという意見もある。例えば、田辺聖子が自著の天智天皇の項で、織田正吉『絢爛たる暗号――百人一首の謎を解く――』（集英社文庫、一九八六）の「新説」を次のように紹介している。

百人一首は、一首ずつ解釈してても本当はしようがない、という新説がある。これは百首でもって作り上げた歌のクロスワード、文学的アラベスクである、というのである。定家はそれらの歌をたくみに配置し、たがいに連繋《れんけい》し、照応し、ひびきあう巨大な情念の世界を構築した、というのである。百人一首は言葉あそびのジグソーパズルであったというのだ。（中略）私はこの本を読んで、長いあいだの百人一首に対する疑問が氷解した気がした。歌聖《かせい》といわれる定家がえらんだのだから、名歌なのだろう、と中世以来、漠然《ばくぜん》とみんな思ってきたが、百人一首の中には、ずいぶん阿呆《あほ》らしいような愚作や駄歌がいっぱいある。私もそこがふしぎだったのだ。しかしパズルの一ピースとすればわかるのである。

（『田辺聖子の小倉百人一首』角川文庫、一九九一）

右のように田辺聖子は「愚作や駄歌」と言い切っている。また、次章からの歌の解説に、白洲正子の『私の百人一首』(新潮文庫、二〇〇五)から引用させていただくが、正子もなぜこの歌を撰んだのかと疑問に思っている歌もあるので、織田正吉のような「新説」も展開されるのであろう。定家が撰んだのだから名歌とされてきたが、そうともいえない歌が入っているということは心に留めておきたい。

撰歌元

『小倉百人一首』の歌は、時の天皇の命で編纂《へんさん》された勅撰《ちょくせん》和歌集二一のうち、次の一〇集から撰ばれている。

- 古今和歌集……24首
- 後撰《ごせん》和歌集……7首
- 拾遺《しゅうい》和歌集……11首
- 後拾遺和歌集…14首
- 金葉《きんよう》和歌集……5首
- 詞花《しか》和歌集……5首
- 千載《せんざい》和歌集……14首
- 新古今和歌集…14首
- 新勅撰和歌集…4首
- 続《しょく》後撰和歌集…2首

※**歌**②持統天皇「春すぎて」と**歌**④山辺赤人「田子の浦に」の歌などは、藤原定家が『新古今和歌集』から選んでいるが、原歌は『万葉集』にある。

部立《ぶだて》一覧

部立とは全体をいくつかの部類・部門に分けることで、特に詩歌集などで四季・恋・旅などに部を分けること。

- **春の歌　全6首**

　陰暦初春～三月頃（睦月《むつき》・如月《きさらぎ》・弥生《やよい》）の情景などを詠んだ歌。

- **夏の歌　全4首**

　陰暦四月～六月頃（卯月《うづき》、皐月《さつき》、水無月《みなづき》）の情景などを詠んだ歌。

- **秋の歌　全16首**

　陰暦七月～九月頃（文月《ふ(み)づき》、葉月《はづき》、長月《ながつき》）の情景などを詠んだ歌で、恋の歌の次に多い。

- **冬の歌　全6首**

　陰暦十月～十二月頃（神無月《かんなづき》、霜月《しもつき》、師走《しわす》）の情景などを詠んだ歌。

- **恋の歌　全43首**

　恋を詠んだ歌、『小倉百人一首』の中で半数近くを占めている部立。これは、定家が叙情を重んじたからだといわれている。

- **旅の歌　全5首**

　旅に関わる歌。

・離別の歌　全1首

人と人との別れるときの心情を詠んだ歌。

・雑《ぞう》の歌　全19首

恋や四季、旅、離別といった部立のいずれにも属さない歌。

詠み人の構成

・男性79人　女性21人

○男性79人の内訳（□**数字**は本書で紹介する歌の通し番号、○**数字**は『小倉百人一首』内での歌番号）

天皇　7人　[1](1)天智、(13)陽成《ようぜい》、(42)光孝、(68)三条、(77)崇徳《すとく》、[28](99)後鳥羽、[100]順徳

親王　1人　(20)元良《もとよし》親王

公卿・官人・その他　58人　[6](11)参議篁《たかむら》（小野篁）、[11](24)菅家《かんけ》（菅原道真）など

僧侶　13人　[5](10)蟬丸《せみまる》を含む

○女性21人の内訳

天皇　1人　(2)持統

内親王　1人　[25](89)式子《しょくし》内親王

貴族の母　2人　[16](53)右大将道綱母、(54)儀同三司《ぎどうさんし》母（高階貴子《たかしなのきし》）

女房　17人　【17】(56)和泉《いずみ》式部、【18】(57)紫式部など

※女房とは宮中や院などに仕え、部屋を与えられた高級の女官。

百人一首に出てくる植物

・桜　6首　【4】(9)小野小町「花のいろは」、(33)紀友則「久堅《ひさかた》の」、(61)伊勢大輔《いせのたいふ》「いにしへの」、【20】(66)大僧正行尊《だいそうじょうぎょうそん》「諸共《もろとも》に」、【21】(73)前中納言匡房《さきのちゅうなごんまさふさ》（大江匡房）「高砂の」、(96)入道前太政大臣「花さそふ」

・紅葉　5首　【29】(5)猿丸大夫《さるまるたいふ》「おくやまに」、【11】(24)菅家（菅原道真）「此《この》たびは」、(26)貞信公《ていしんこう》「をぐら山」、【13】(32)春道列樹《はるみちのつらき》「山川《やまがは》に」、(69)能因法師《のういんほうし》「あらし吹《ふく》」

・松　4首　(16)中納言行平《ゆきひら》「立別れ」、(34)藤原興風《おきかぜ》「誰をかも」、(42)清原元輔「契《ちぎり》きな」、【27】(97)権中納言定家（藤原定家）「こぬ人を」

・蘆《あし》　3首　(19)伊勢「難波がた」、(71)大納言経信《つねのぶ》「夕されば」、(88)皇嘉門院別当《こうかもんいんのべっとう》「難波江《なにはえ》の」

・稲、さしも草、しのぶ草　各2首

・梅　1首　【14】(35)紀貫之「人はいさ」

・若菜、さねかずら、菊、八重葎《やえむぐら》、浅茅《あさじ》、笹、真木、藻　各1首

百人一首に出てくる動物

・鹿　2首　29⑤猿丸大夫「おくやまに」、23(83)皇太后宮大夫俊成《しゅんぜい》（藤原俊成）「世中《よのなか》よ」

・やまどり、かささぎ、にわとり、千鳥、ほととぎす、きりぎりす　各1首

六歌仙《ろっかせん》

平安時代前期に編纂された『古今和歌集』序文で、撰者の紀貫之《きのつらゆき》が「近き世にその名聞こえたる人は」と挙げた六人の歌人、僧正遍昭《そうじょうへんじょう》・在原業平《ありわらのなりひら》・文屋康秀《ふんやのやすひで》・喜撰《きせん》法師・小野小町《おののこまち》・大友黒主《おおとものくろぬし》を指す。貫之が「歌聖」として別格に位置づける二人の万葉歌人、柿本人丸《かきのもとひとまる》（人麻呂）と山辺赤人《やまべのあかひと》には及ばないと手厳しく批評しつつ、同時代の他の歌人たちよりは優れているとしている。定家は、大友黒主以外の歌を『小倉百人一首』に撰んでいる。また、僧正返照・在原業平・小野小町の三人は次の三十六歌仙にも含まれる。

三十六歌仙

平安時代中期の歌人の藤原公任《ふじわらのきんとう》（九六六～一〇四一）が『三十六人撰』に載せた優れた歌人のこと。中古三十六歌仙や女房三十六歌仙などはこれを模したもの。次の三六人の歌人を指す。

柿本人丸*・山辺赤人*・大伴家持*・猿丸大夫*・僧正遍昭*・在原業平*・小野小町*・藤原兼輔*・紀貫之*・凡河内躬恒*・紀友則*・壬生忠岑*・伊勢*・藤原興風*・藤原敏行*・源公忠・源宗于*・素性法師*・大中臣頼基・坂上是則*・源重之*・藤原朝忠*・藤原敦忠*・藤原元真・源信明・斎宮女御・藤原清正・藤原高光・小大君・中務・藤原仲文・清原元輔*・大中臣能宣*・源順・壬生忠見*・平兼盛*。

『小倉百人一首』が成立したのは公任が三六人を撰んだ約二〇〇年後のことで、定家は三六人のうち二五人（*）を撰び、一一人を『小倉百人一首』から外している。藤原公任の歌も、**歌55**大納言公任の名で「滝《たき》の糸《いと》は絶《たえ》て久《ひさ》しくなりぬれど名《な》こそながれてなを《（ほ）》きこえけれ」を撰んでいる。

歌がるたの歴史

「かるた」の始まりは、平安時代に遊ばれていた「貝合わせ」だといわれ、二枚貝を二つに分けて、貝の外側の地模様《じもよう》を見て一対の貝を合わせる遊びである。「貝合わせ」から、ハマグリの貝殻《かいがら》の内側に和歌の上下《かみしも》の句を書いて、その二枚の貝を合わせる遊び「歌貝《うたがい》」に発展した。『伊勢物語』や『古今和歌集』などの有名な和歌の上の句と下の句を書き分け、それを合わせて取り、取った数の多少を競う室内遊戯となった。

さらに、ポルトガルの宣教師と一緒にやってきた船乗りたちが日本に持ち込んだポルトガル語で「カード」の意味の「かるた」と、日本の伝統的な遊びである「歌貝」とが融合して、現在のかるたの原型が生まれたとされている。江戸時代に入り、木版画の技術の発展により、庶民の中に徐々に広まっていった。

和歌の全句が書かれた読み札と下の句のみが書かれた取り札からなり、取った札の多少を競う。札に書かれる和歌は、最初は百人一首、三十六歌仙、女房三十六歌仙などの歌人の歌であったが、元禄《げんろく》時代（一六八八〜一七〇四）の頃から『古今和歌集』や『源氏物語』、『伊勢物語』などからもとられた。しかし『小倉百人一首』を用いたものが最も盛んで、後世になると歌がるたといえば『小倉百人一首』をさすようになった。百人一首が正月の楽しみとして各家庭でも行われるようになったのは、安政（一八五五〜一八六〇）の頃からだといわれている。

明治に入ってから一対一の競技かるたが生まれ、研究団体や競技団体がつくられて各地で練習会を開催し、選手は自分たちの技量を他流試合に求めはじめた。これに着目した作家で新聞「萬朝報《よろずちょうほう》」記者の黒岩涙香《くろいわるいこう》が、かるた早取法を考案し、東京かるた会を設立、会長となった。彼は従来の変体仮名の札をすべて平仮名に改めた「標準かるた」を考案し、この札で明治三七年（一九〇四）、朝報社主催の第一回競技かるた大会を開催した。変体仮名を平仮名に改めることで、さらに取り組みやすくなった。これは明治三三年（一九〇〇）に小学校令施行規則で変体仮名が平仮名の異体とされたことを受けてのことだろう。

現在では、正月以外でも簡単に遊べる室内遊戯として親しまれているほか、日本の古典を学ぶうえでも馴染みやすく、身近なものとなっている。また、最近では『小倉百人一首』を応用した「五色百人一首」（28ページ）も現れ、小中学生の間で楽しまれている。また、「坊主めくり」などは誰もが簡単に遊べるので、百人一首のファンは多い。

かるたの楽しみ方

坊主めくり

①一〇〇枚の絵札をいくつかの山に分けて裏向けて置き、上から一枚ずつめくる。
②男性の絵札は、そのまま獲得する。
③坊主（僧侶）の絵札（計一三枚）が出ると、それまで獲得した札を全て没収され、「場」に置く。
④女性が描かれている絵札（計二一枚）が出ると、その札に加え、没収されて「場」に置かれている札を全て獲得する。
⑤一〇〇枚の札を全てめくった時点で終了し、最も多くの札を獲得した人が勝ち。

散らし取り

「散らし取り」は読み手と二人以上の競技者で行う。競技者の前一面に下の句の一〇〇枚の札を無造作に散らしてまく。あとは、読み手が上の句の札を読み上げ、競技者は読み上げられた和歌の取り札（下の句）を取り競う。置かれた札の位置は原則として変えないままで札を取り合い、一〇〇首を読み終わったところで、多くの札を取った人が勝ちとなる（札が残り少なくなってきたら、札の位置を変えてみるのもおもしろい）。

「散らし取り」は坊主めくりとは違って、百人一首の歌を覚えている方が有利になり、楽しみながら覚えることができる。「散らし取り」から始めて歌を覚えてきたら、源平戦や競技戦なども楽しめるようになる。

源平戦

「源平戦」を始めるには、競技者は二人ずつに分かれて、五〇枚ずつ（下の句）を持ち札とし、それぞれ持ち札を自分の方向へ向けて三段に並べる。

あとは「散らし取り」と同じで、読み手は札を読み上げ、競技者は読まれた札を取り競うが、相手の陣地の札を取ったら、自分の持ち札を一枚相手へ渡し、自分の陣地の札を相手に取られたら、相手から一枚受け取る。

渡すときの持ち札は好きなものを選ぶことができる。間違った札を取るなど、お手つきの場合には、相手から一枚受け取る。また、「源平戦」は「散らし取り」の場合と違って、自分の陣地の札は好きなように動かすことができる。このようにして札を取っていき、自分の陣地の札が早くなくなった方の勝ちとなる。

取り札を単に一文字目の五十音順で並べたりすると相手にもすぐにわかってしまう。例えば、二文字目の五十音順で並べてみたり、季節ごとの句にしてみたりするなど、相手に気づかれないようにすることがコツ。自分なりにいろいろと工夫してみるのも源平戦の楽しみの一つである。

競技戦

百人一首の「競技戦」は、全日本かるた協会が決めたルールに基づいて、一対一で行う本格的な百人一首の競技である。

①一〇〇枚の札を裏向けて混ぜ、二五枚ずつ取る（持ち札）。残りの五〇枚は使用しない（空札《からふだ》）。
②各自の持ち札を上中下の三段に分けて、自分の方へ向けて自由に並べる。自分の

範囲を自陣といい、相手の範囲を敵陣という。並べる範囲は、左右の幅が八七センチ以内、札の上下の間は一センチ、敵陣との間も三センチと決められている。
③札の位置を一五分間記憶する。残り時間が二分になれば、素振りなどの練習をしても構わない。
④礼《れい》をして競技開始。
⑤読み手が百人一首に含まれない歌を読む。一般的には、王仁《わに》の「難波津《なにわづ》に咲くやこの花冬ごもり今は春べと咲くやこの花」を用いる。
⑥読み手が百人一首の歌（上の句）を読む。
⑦読まれた歌の札に先に触れた方がその札を獲得する。二人同時の場合は自陣にある側が獲得する。
⑧獲得した札を「場」から取り除き、その札が敵陣のものである場合は自陣の任意の札一枚を敵陣に送る（送り札）。
⑨読まれていない歌の札に触れた場合はお手つきとなる。お手つきをすると、敵陣から任意の札一枚が送られる。「場」にない五〇の空札が読み上げられたときに、誤って他の札を取ってしまった場合もお手つきになる。
⑩払い飛ばしてしまった札などを拾い、「場」を元の形に戻す。
⑪読み手が勝負の決まった歌の下の句を読み、一秒後に次の歌（上の句）を読む。

⑫これまでの⑥から⑩をくり返して、先に自陣の札がなくなった方が勝ちとなり、礼をして競技終了。

その他、次のような注意事項がある。

- 両手で札に触れてはいけない。
- 歌を読み始めるまで手を動かしてはならない。
- 相手に申し伝えたのちであれば、自陣の札の位置を変更してもよい。
- 最初に右手で札を取り始めたら、その試合では、左手で取った札は無効となる。
- 読まれた札を直接取らなくても、同じ陣にある札と一緒に競技線の外へ出せば取ったことになる。この手法を「払い」といい、読まれた札ではない札に触っているが、お手つきにはならない。ただし、読まれた札と違う陣にある札に触ってしまったらお手つきとなる。

五色百人一首

「五色百人一首」とは、小中学生用に開発された教育用かるたで、『小倉百人一首』が二〇枚ずつ五色（青・桃・黄・緑・橙）に色分けされている。一〇〇枚のうち同じ色の二〇枚を使い、基本的に一対一で競技する。札の数が二〇枚と少ないため、一回のゲームは、三～五分で決着がつく。表に下の句、裏に上の句が書いてあって、試合中に裏返して上の句を見てもいいことになっている。

短時間で行えるので、気軽に伝統文化に親しめる教材として授業に取り入れる学校も多い。近年盛んになり、全国各地で大会も開催されるようになった。

遊び方

①人数は読み手のほか、一対一の競技者で行う。
②各自の持ち札は一〇枚ずつで、自分の陣地に二段に並べる。
③あとは読み上げられた札を早く取って、取った札は右手元に置く。
④同時に手をついた場合は、下に手がある方が勝ちになるが、難しいときはジャンケンで決める。
⑤お手つきをしたときは取った札から一枚を「場」に戻すが、まだ一枚も札を取っていない場合は一回休みとなる。
⑥「場」に戻した札は次に読まれた札を取った人がもらうことができる。また、試合途中の私語は厳禁で、審判が私語と認めた場合にはお手つきとなる。
⑦このようにして、一七枚を読み上げ終えたときに、取った札の多い方が勝ちとなる。両者の取った札の枚数が同じだった場合には、読まれなかった三枚の中から一枚を読み上げ、この札を取った者が勝ちとなる。または、この札でお手つきをした者の負けとする。

第二章　近江関連歌

1

歌① 天智天皇《てんじてんのう》

秋《あき》の田《た》のかりほの庵《いほ》のとまをあらみ
わがころもでは露《つゆ》にぬれつゝ

歌意 秋の田のほとりの仮の小屋は、ほんの間に合わせに荒く葺《ふ》いた粗末なものだから、その小屋で番をしている私の袖は、ふけゆく夜露にしっとりと濡れつづけていることだ。

出典 『後撰和歌集』秋

きまり字 「あきの」の三字

作者 六二六～六七一。第三八代天皇。即位前の中大兄《なかのおおえの》皇子のとき、中臣鎌《なかとみのかま》足《たり》とともに蘇我氏を滅ぼし、大化の改新を行う。大津に都を遷《うつ》し、平安期には天智系統の初代として最も尊敬された。

「はじめに」でも触れたが、『小倉百人一首』を撰歌した藤原定家の原本が残っていないため、それ以降に筆写された文献ごとに表記が統一されていない。この歌も「とま」を「苫」としてあるものや「ころもで」を「衣手」としているものなど、筆写した人により不統一で、定まったものがない。

前述したように、白洲正子『私の百人一首』（新潮社、二〇〇五）には「百人一首に関する本は無数に出ているので、私などに新しい発見がある筈《はず》もないが、自分の感触だけは見失いたくないと思っている」とある。正子のこの「感触」もみなさんと一緒に味わうため、彼女の文章を引用しながら各歌を紹介していく。

飛鳥《あすか》は田圃《たんぼ》の美しいところである。この歌をよむ度に、こがねの波のうねりが目に浮び、とよあし原瑞穂《みずほ》の国という言葉が思い出される。大様な歌の調べが、そういうことを想像させるのだが、実際の意味はそんなにのんびりしたものではない。実った稲を鳥獣から守るために、仮の小屋を作り、その屋根を葺《ふ》いた苫《とま》が粗末なので、衣が露にぬれて悲しいという労働歌で、かりほは刈ると仮に、露は涙にかけてある。したがって、天皇のお歌とは考えられない。（白洲正子『私の百人一首』）

正子はこの歌が天智天皇の歌ではないと述べている。私はまずこのことに驚いた。いろいろ調べてみると、「秋田刈る仮廬《かりほ》を作り我《わ》が居《を》れば衣手《ころもで》寒く露そ置きにける（稲刈りの仮小屋を作って私がいると、衣の袖が寒く、露が置いたことだ）」（佐竹昭広他四名校註、新日本古典文学大系2『萬葉集　二』岩波書店、二〇〇〇）の歌が巻一〇−二一七四にあり、作者は不詳。おそらく口伝えで形を変え、いつか天智の歌とされたものらしい。もっとも、本来、天皇の歌は専門の宮廷歌人が代作する伝統があり、実際に天皇が歌ったかどうかより、天皇の歌とされて百人一首の最初に置かれたことの方が重要だろうとされてきた。

神武天皇から数えて三八代天智天皇、その息子である三九代弘文《こうぶん》天皇（明治三年〈一八七〇〉に三九代と認められた）、四〇代天武天皇と続き、天智天皇の娘で天武天皇の皇后だった四一代持統《じとう》天皇が後を継いだ。天武天皇と持統天皇の孫である四二代文武《もんむ》天皇が二五歳で亡くなると、天武系統の天皇が四三代元明《げんめい》天皇から四八代称徳《しょうとく》天皇まで続く。称徳天皇は未婚であったので、天智天皇の孫の白壁王《しらかべおう》が即位して四九代光仁《こうにん》天皇となり、以降は天智天皇系統が続く。

このように続いてきた系統の初代であるから、撰者の藤原定家は天智天皇を一番目にもってきたのだという。百人一首は一番からだいたい時代順に並んでいて、最初に配されていることに意義がある。第一番が天智天皇。第二番の持統天皇は天智の娘。第九九番が後鳥羽院《ごとばのいん》。第一〇〇番がその子の順徳院。初めと終わりが親子であるということも、藤原定家の意図したところではないかともいわれている。また、農民を思いやる天皇であってほしいという願いから、定家が天智天皇の歌としたのだろうという説もある。

六六三年の白村江《はくそんこう》の戦いを経て、六六七年三月、中大兄皇子は飛鳥から大津へと都を遷した。そして翌年一月に天智天皇として即位した。日本最初の法令「近江令《おうみりょう》」の制定、全国規模の戸籍の編纂《へんさん》など、後世に影響を与える多くの制度を整えた。

漏刻《ろうこく》(水時計の一種)による時刻制度を始めたのもその一つである。六月一〇日の「時の記念日」は、天智天皇が初めて国民に時を知らせた日を太陽暦に換算して制定されたもので、大津市は日本の時刻制度発祥の地とされている。天智天皇は天皇を中心とする中央集権国家を目指したが、遷都五年でこの世を去り、この後に起こった壬申《じんしん》の乱によって、都は再び飛鳥に戻された。

大津に都があったのはわずか五年間であった。そのため、いわゆる大津京(近江大津《おおつの》宮《みや》)の場所を特定することは難しかったが、昭和四九年(一九七四)と昭和五三年(一九七八)の発掘調査によって、錦織《にしこおり》二丁目の一角に古代の建物の柱跡が見つかり、その配列や規模から、ここが大津京の中心部分とされた。昭和五四年(一九七九)には「近江大津宮錦織遺跡」として国の史跡に指定されている。

ゆかりの地・歌碑・植物

天智天皇が祭神である近江神宮、歌碑二基および大嶋奥津島神社の植物ムベ（薁《むべ》）を紹介する。

近江神宮〔**大津市神宮町一—一**〕

近江神宮は皇紀二六〇〇年にあたる昭和一五年（一九四〇）に大津京にゆかりの深い地に、天智天皇を祭神として創建された。神社としての歴史は新しいが、近江の発展は大津に都が置かれたことに始まるとして、古くから天智天皇に対する崇敬が厚く、天智天皇に関係する伝説や神社などが県内各地に残されている。境内地は約六万坪。社殿は近江造り、または昭和造りと呼ばれるもので、昭和の代表的な神社建築として国の登録有形文化財の指定を受けている。

近江神宮

六月一〇日の「時の記念日」は近江朝廷で時報が開始された日を記念して大正九年（一九二〇）に制定

されたもので、毎年この日には天智天皇を時の祖神として崇敬する時計関係者が中心となり、漏刻祭《ろうこくさい》が行われている。境内には「時計館宝物館」が設けられ、和時計をはじめ各種の古時計などを展示している。境内に設置された水時計や日時計は、時計業界からの献納によるものである。

また、近江神宮では「小倉百人一首」の最初の歌を詠んだとされる天智天皇にちなみ、競技かるたのチャンピオンを決める名人位・クイーン位決定戦が毎年一月に行われている。このほかにも高松宮記念杯歌かるた大会や高校選手権大会、大学選手権大会などが開催され、百人一首・競技かるたとのかかわりが深い。競技かるたを題材にした漫画・アニメ・映画「ちはやふる」の舞台ともなった。境内には奉納された板かるたの額も展示されている。

天智天皇の歌碑①〔近江神宮境内　社務所前〕

天智天皇御製　秋の田の刈穂の庵の苫をあらみ　わが衣手は露にぬれつゝ　近江神宮々司横井時常謹書

社務所の前に歌碑がある。第二代宮司が揮毫《きごう》

近江神宮の歌碑「秋の田の」

している。左後ろの刻印に、昭和五六年（一九八一）のびわこ国体記念として、マキノ町（現高島市）在住者が自分の古稀《こき》祝いに建てたとある。県内各地の碑をめぐっていると、その成り立ちがさまざまでおもしろい。赤御影石（一九五×八四センチ）。かるたの大会が行われる近江勧学館は社務所の後ろ、碑を左手に見て少し進むとある。

大津京シンボル緑地〔大津市錦織二－九〕

ＪＲ湖西線大津京駅から北西へ一キロほど、または、京阪電鉄近江神宮駅から県道四七号を北へ六〇〇メートルほど行くと、右手に大津京シンボル緑地がある。「史跡近江大津宮錦織遺跡」という説明板が立っているところが遺跡の北端で、駐車場になっている。または、近江神宮から近江時計眼鏡宝飾専門学校の前を下って、右斜め角にもあたる。中学生の頃この近くに住んでいた筆者の記憶では、この辺りはずっと家が建て込んでいた。住宅地の発掘調査は容易ではないだろうから、よくぞ見つけてくださったと感謝したい。

大津京シンボル緑地の歌碑「秋の田の」

天智天皇の歌碑②

秋の田のかりほのいほの苫を荒み　わが衣手は露に濡れつ、　天智天皇　御製

平成一八年（二〇〇六）に大津市観光振興課が建てた。グレーの御影石（一二三×八〇チセン）に彫られ、同じ場所に天智天皇・額田王《ぬかたのおおきみ》・柿本人麻呂・藤原鎌足（中臣鎌足）・平忠度《ただのり》の歌碑がある。

大嶋奥津島神社　〔近江八幡市北津田町五二九〕

近江八幡駅の北西五キロほどの北津田町に大嶋奥津島《おくつしま》神社がある。渡合《わたらい》のバス停を下車、島小学校の辺りから農道へ進み、山麓の集落へ入ると、路地の奥に鳥居が立ち、その背後に神社がある。大国主神《おおくにぬしのかみ》を祭神とする大嶋神社と、奥津島比賣命《おきつしまひめのみこと》を祭神とする奥津島神社が合祀された神社である。

ムベ（郁子）

天智天皇が蒲生野《がもうの》で狩りをした際この地に立ち寄り、八人の男の子を持つ長命な老夫

婦に出会った。「どうしてそのように長寿を保っているのか。何か理由があるのだろう」と尋ねたところ、「この村で採れる珍しい果実があるのですが、その果実を家のものが食べているので、このように無病長寿なのです」と答えたそうだ。それを聞いて天皇はたいそう感心して「宣《むべ》なるかな（なるほどの意）」と言ったため、この果実をムベ（薁）と呼ぶようになったとされている。

以来、ムベを毎年一一月一日に皇室に献上する慣《なら》わしとなり、この老夫婦の子孫は足利時代から徳川時代まで朝廷や幕府から恩典を受けたといい、その親戚といわれる家が献上の供御人《くごにん》を担っていた。のちにその家が町外へ転居したため献上が中断されたが、平成一四年（二〇〇二）に関係者の働きかけで復活し、宮中に再献上されるようになった。また、近江神宮の創建当初の昭和一五年（一九四〇）から毎年一一月七日の御鎮座記念祭にも献納している。

大嶋奥津島神社のムベ

ムベはアケビ科の低木で秋に赤紫色のアケビによく似た実をつけるが、アケビと違って果実が割れないのが特徴だそうだ。

境内の右側に小さな棚があり、棚には大きく「薁」と書かれている。その薁の棚と並んで農村自然環境整備事業（ビオトープ事業）の立て札も立っていた。それによると「ビオトープ事業では、今も此の地に産する由緒ある薁を守り育て次の世代へと引き継ぎ、（中略）祖先の残してくれた自然と歴史遺産を後世に伝えたい」とのこと。天智天皇がこの地で知ったムベが代々引き継がれていくのは喜ばしいことである。

近年、本殿に向かって右側にもムベが植えられ、その左に第二代滋賀県令籠手田安定《こてだやすさだ》の歌碑「大君にさゝけしむべは　古き代のためしをしたふ　民のまこゝろ」が平成一四年（二〇〇二）に建てられた。

ゆかりの人物

天智天皇のゆかりの人物として額田王と大海人皇子《おおあまのおうじ》（天武天皇）、二人が詠んだ万葉集の歌を紹介する。

額田王《ぬかたのおおきみ》（生没年不詳）

万葉集第一期（六二九〜六七二）の宮廷歌人。父の鏡王《かがみのおおきみ》は伝不詳。父は近江国野洲《やす》郡鏡の里の豪族で、壬申の乱の際に戦死したともいう。額田王の出生地に関しては、近江説や大和説、島根説などがある。没年は六九〇年以降で享年六〇前後か。一三、四歳頃から皇極《こうぎょく》天皇の側近として神事・詞章《ししょう》関係で奉仕し、その子、大海人皇子（天武天皇）の寵愛《ちょうあい》を受け、十市皇女《とおちのひめみこ》を生む。その後、天智天皇に思いをかけられた。

大海人皇子〈天武天皇〉（?～六八六）

万葉集第一期から二期（六七三～七一〇）にかけての歌人でもある。舒明《じょめい》天皇の皇子。母は皇極天皇（一度退位して再び斉明《さいめい》天皇となる）。天智天皇（中大兄皇子）の実弟。佐竹昭広他四名校註の新日本古典文学大系1『萬葉集　一』（岩波書店、一九九九）から蒲生野での歌を引用する。以下、『万葉集』の歌意はすべて同シリーズ『萬葉集　一～四』による。

天皇《てんわう》の蒲生野《かまふの》に遊猟《いふれう》したまひし時に、額田王《ぬかたのおほきみ》の作りし歌

あかねさす紫野《むらさきの》行き標野《しめの》行き野守《のもり》は見ずや君が袖振る

歌意　（あかねさす）紫野の中を行き、標野の中を行って、野守は見ているではありませんか、あなたが袖を振るのを。（巻一―二〇）

皇太子《くわうたいし》の答《こた》へし御歌《みうた》　明日香宮《あすかのみや》に宇《あめのしたをさ》御めたまひし天皇《すめらみこと》
諡《おくりな》して天武天皇《てんむてんわう》と曰ふ

紫のにほへる妹《いも》を憎くあらば人妻《ひとづま》ゆゑに我《あれ》恋ひめやも

歌意　紫草のように美しいあなたを憎いと思ったら、人妻であるのに、私はかくも恋しく思うだろうか。

（巻一―二一）

蒲生野への行程は、大津の唐崎《からさき》から船に乗り、近江八幡市水茎《みずくき》の岡《おか》近くの長命寺港か安土の大中湖《だいなかのこ》あたりで下船し、一五キロほど歩いたのか。それとも陸路を行ったのかと考えられる。先述した「薬」の伝承も行幸のときの話ではなかったかと想像するだけで、万葉の昔が今によみがえってくる。

旧暦五月五日の蒲生野遊猟《ゆうりょう》のとき、大海人皇子が大胆にも兄の思い人である額田王への激しい恋心を歌にした。額田王はもと大海人の妃であったが、この頃には天智天皇に召されていて、極めて複雑な事情があった。この二首の設定は実にスリリングで、万葉愛好者を育てるきっかけとなる歌ともいわれている。遊猟最中のものか、遊猟後の宴席で演じられた所作つき（舞など）の即興的な歌なのか、どちらを本当に愛していたかなど興味はつきない。素直に読めば、「野守（第三者）の目をしのんでの二人の恋」だが、どちらにしても、我々を魅了してやまない歌である。

額田王・大海人皇子（天武天皇）ゆかりの地・万葉歌碑

額田王と大海人皇子の万葉歌碑が県内三ヶ所に合計七基ある（大津京駅前一基、蒲生郡竜王町四基、東近江市二基）。

ＪＲ湖西線大津京駅前

万葉歌碑①

天皇の蒲生野に遊猟したまひし時に　額田王の作れる歌

あかねさす　紫野行き　標野行き　野守は見ずや
君が袖振る　俵万智書

皇太子の答へたまふ御歌

紫草の　にほへる妹を　にくゝあらば　人嬬故に
吾恋ひめやも　小野寛書

大津京駅前の歌碑「あかねさす」「紫草の」

ＪＲ湖西線大津京駅前のロータリーに石碑があり、その右側に「あかねさす」、左側に「紫草の」が彫られている（一九〇×八四チセン）。「あかねさす」は歌人の俵万智《たわらまち》による書。「紫草の」を書いた小野寛氏は、富山県にある高岡市万葉歴史館の名誉館長である。

蒲生野遊猟後、大津京へ戻ってから詠んだと解釈されたのだろうか、平成二〇年（二〇〇八）に淡海《おうみ》万葉の会がこの地に建てた。また、同会は同時期、長等《ながら》公園に大友皇子、柳が崎の湖岸に2柿本人麻呂、近江神宮の境内に高市黒人、大津京シンボル緑地に額田王と藤原鎌足、近江大津宮錦織遺跡に柿本人麻呂の長歌、湖岸緑地唐崎苑に柿本人麻呂の合計八基の万葉歌碑を建てた。

雪野山大橋欄干〔蒲生郡竜王町川守・東近江市新巻町〕

東近江市の船岡山の南西方面に、蒲生野をはさんで雪野山（標高三〇八・八メートル）がある。雪野山口の信号を東に二五〇メートルほど進むと、雪野山大橋があり、橋の上に額田王と大海人皇子像と歌碑がある。

以下、歌碑の変体仮名には、わかりやすいように筆者がふりがなを付けている。

雪野山大橋の額田王像（左）と大海人皇子像

万葉歌碑②

大海人皇子　紫草《むらさき》能《の》尓《に》ほへる　妹を　憎くあら
者《ば》　人妻ゆえに　我恋めや毛《も》

雪野山大橋の竜王町側の欄干の北側に、金属板（八〇×八〇センチ）から浮き出るよう字を配した歌碑がある。反対の南側に大海人皇子の像（像高一八七センチ）が立っており、その台座には、馬に乗り弓で鹿を狩ろうとする姿が描かれている。

万葉歌碑③

額田王　あ可《か》ねさ須《す》　紫野行き　標野《しめの》ゆ紀《き》　野
守は見すや　君可《が》袖振る

また、橋の東側、東近江市側の欄干に歌碑（八〇×八〇センチ）がある。それに対面して額田王の像（像高一七四センチ）

雪野山大橋の歌碑「紫草能」

雪野山大橋の歌碑「あ可ねさ須」

があり、台座には草などを摘む二人の女性が描かれている。どちらも雪野山を背景にして眺めがよい。

雪野山史跡広場妹背《いもせ》の里〔蒲生郡竜王町川守五〕

雪野山大橋の額田王の像を左手に見て、右へ九〇〇メートルほど行くと「雪野山史跡広場妹背の里」がある。蒲生野の一角ということから竜王町が整備したもので、次項の東近江市の「万葉の森船岡山」とともに万葉ロマンの里として私たちを楽しませてくれる。キャンプができる芝生の多目的広場やアスレチックゾーン、バンガロー、資料館などが約五ヘクタールに広がる。入口正面の資料館では雪野山から出土した土器や町内文化財の写真が展示されている。

万葉歌碑④

阿《あ》可《か》ねさ須《す》　むら佐《さ》支《き》能《の》行《ゆ》起《き》　標野ゆき
のも利《り》者《は》見須《ず》や　君がそで不《ふ》る　額田王

妹背の里の歌碑「阿可ねさ須」

万葉歌碑⑤

むらさ支能《きの》　尓《に》ほへるいも越《を》　憎くあら盤《ば》　人妻ゆえに　王《わ》礼《れ》恋ひめやも　大海人皇子

入口から右側に一〇〇メートルほど進む。小高くなったところに、額田王と大海人皇子の像「妹背の像」がある。その周りの生け垣の間に、右手前から額田王（一二〇×九〇センチ）、21大江匡房《おおえのまさふさ》、17和泉式部、左手前に大海人皇子の歌碑（一二〇×七五センチ）が「妹背の像」を取り囲むように平成五年（一九九三）に建てられた。

妹背の里の歌碑「むらさ支能」

万葉の森船岡山〔東近江市糠塚町〕

近江鉄道近江八幡駅から三駅目の市辺《いちのべ》駅で下りる。船岡山の麓の阿賀神社の参道を進むと、本殿左方に広大な公園「万葉の森船岡山」がある。

万葉歌碑⑥

あかねさす　紫野行き　標野行き　野守は見ずや
君が袖振る（額田王）

紫草の　にほへる妹を　憎くあらば　人妻ゆゑに
われ恋ひめやも（大海人皇子）

平成三年（一九九一）八日市市（現東近江市）が設置した「蒲生野遊猟陶板大壁画」がある。その左に副碑があり、自然石（一九〇×一八〇チセン）に金属板（四〇×六〇チセン）がはめ込まれている。

金属板には、万葉の二首に続いて、

万葉集の名歌であるこの相聞歌はこの時に作られたと言われています。この美術原画は八日市市中央公民館の緞帳《どんちょう》図柄を日本画家の大野俊明氏（成安女子短期大学助教授）が監修し、描かれたものです。

万葉の森船岡山の歌碑
「あかねさす」「紫草の」

万葉の森船岡山の蒲生野壁画

とある。以前訪れたときは陶板で作成され、ひびが入り読みにくかった。今回は金属板に取り替えられていた。

船岡山山頂〔東近江市市辺町〕

万葉の森船岡山の背後の小高い山が船岡山で、阿賀神社の横から登山道があり、登って行くと大きな岩にはめ込まれた万葉歌碑がある。

万葉歌碑⑦

天皇遊猟蒲生野時額田王作歌
茜草指武良前野遊標野行野守者不見　哉君之袖布流
皇太子答御歌　明日香宮御宇天皇　謚曰天武天皇
紫草能尓保敝類妹乎苦久有人嬬故　尓吾恋目八方

船岡山山頂の歌碑「茜草指」「紫草能」

自然の巨岩に『元暦校本万葉集』の原文そのままの文字を彫りこんだ御影石（一五〇×一〇〇センチ）がはめ込んである。昭和四三年（一九六八）に建てられた。『元暦校本万葉集』は

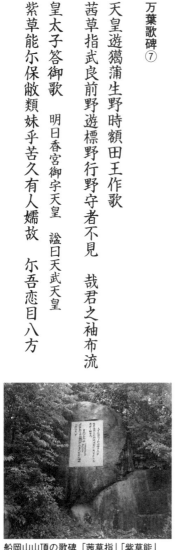

『万葉集』古写本の一つで、「元暦元年（一一八四）六月九日以或人校合了　右近権少将（花押）」の奥書を有することから命名された。桂本や藍紙本、金沢本、天治本とともに「五大万葉」の一つとして知られている。

また、歌碑の右側に「萬葉歌碑由緒」も岩に埋め込まれている。風化して字が読みにくくなっているが、次にあげる。□は判読できない。

天智七年五月五日の蒲生野遊猟より今に千三百の歳月が流れた。このとき詠まれた右二首の歌は不滅の共感を人々に与えつづけるであろうが、そのかみの野の面影は今すみやかに失われんとしている。蒲生野顕彰会はここに現在考証しうる最適の地として、この船岡山を選び、元暦校本万葉集の文字により前記の歌を石に刻んだ。□□□黎明期におけるわが郷土の記憶を万葉の歌に託して長く後世に伝えたいと願うからである。

昭和四十三年五月五日

蒲生野顕彰会

建立当時のことを同会の会長からうかがった。蒲生野の場所を特定するのが非常に難しかったことや、公費に頼らず奉加帳《ほうがちょう》を回して寄付を募ったこと、船岡山の持ち主とも交渉して寄付してもらったことなど、大変な苦労があったそうだ。

額田王ゆかりの地・歌碑

額田王ゆかりの市神神社の万葉歌碑と像、並びに大津京シンボル緑地の万葉歌碑を紹介する。

市神《いちがみ》神社　〔東近江市八日市本町一五―四〕

近江鉄道八日市駅から東へ歩いて五分で、七福神の一つ恵比須《えびす》を祀った市神神社に着く。聖徳太子が大阪四天王寺を建立したとき、自ら刻んだ神像をご神体として神社を建て、商売を教え広めたと伝えられている。

市神神社の歌碑「君待登」

万葉歌碑⑧

額田王　君待登《きみまつと》　吾恋居者《わがこいをれば》　我屋戸之《わがやどの》　簾動之《すだれうごかし》　秋風吹《あきかぜふく》　孝書

歌意　あなたのおいでを御待ちして、恋しい思いをしていると、私の家の簾を動かして、秋の

風が吹きます。（巻四―四八八）

入口を入って右側、社務所の東側の庭に、万葉学者犬養孝書の歌碑（一八七×一八〇チセン）が万葉仮名で記されている。おにぎり形の自然石。昭和六〇年（一九八五）建立。横に読み下し文「君待つと　わが恋ひをれば　わが屋戸の　すだれ動かし秋の風吹く」の案内が立っているのでわかりやすい。

額田王の像

本殿内に額田王の像もある。かつて八日市の町衆が出した曳山《ひきやま》のシンボルで、明治になって巡行がとりやめになり、神社に収蔵されていたものを、昭和五九年（一九八四）に彩色復元して本殿に安置された。その縁で歌碑ができ、万葉の神社として知られるようになった。この像も「市神さん」に縁あって日の目を見た。

市神神社の額田王像

この像に関する碑（一三三×六七チセン）が本堂前庭にあり、碑文中に「あかねさす」「紫草の」の解説がある。きれいに磨かれた大きな黒御影石で、昭和天皇在位六〇年を記念して昭和五九年（一九八四）に建てた。

大津京シンボル緑地〔大津市錦織二ー九〕

大津京シンボル緑地（38ページ）に市神神社と同じ歌の碑がある。

万葉歌碑⑨

額田王
君待つと　わが恋ひ居れば　わが宿の　すだれ　動かし　秋の風吹く
田辺聖子書

平成二〇年（二〇〇八）に淡海万葉の会が、天智天皇の「秋の田に」などの歌碑と一緒に、16ページで紹介した作家・田辺聖子の揮毫で建てられた（一八五×六五チセン）。

大津京シンボル緑地の歌碑「君待つと」

２　歌③　柿本人丸《かきのもとのひとまる》（柿本人麻呂《ひとまろ》）

足引《あしびき》の山鳥《やまどり》の尾《を》のしだりお（を）のながくし夜《よ》をひとりかもねん

歌意　山鳥の尾の垂れさがった、あの長い長いその尾よりも、いっそう長いこの秋の夜を、恋しい人とも離れて、たったひとりでさびしく寝ることであろうかなあ。

出典　『拾遺和歌集《しゅういわかしゅう》』恋

きまり字　「あし」の二字

作者　生没年不詳。万葉集第二期（六七二〜七一〇）の宮廷歌人。生涯についても不詳。格調の高い名歌を残したが、そのうちのどれが本当に人丸の作かもわかっていない。のちに③山辺赤人《やまべのあかひと》とともに、「歌聖」と尊敬された。三十六歌仙《かせん》の一人。「人麻呂」は『万葉集』での表記。平安時代以降は多く「人麿」と書かれ、今回引用させていただいた『新版　百人一首』では「人丸」と表記されている。

作者がいいたかったのは、要するに「ひとり寝の淋《さび》しさ」につきるが、枕詞《まくらことば》や縁語をいくつも重ねて、人待つ宵の切なさと、永遠につづく心の暗《やみ》と、あえていうなら、人生の孤独と退屈さを表現している。若い時の私は、こういう歌が一番つまらないと思い、人丸のために残念にさえ思った。（中略）改めて味わってみると、むげに駄作とはいいきれないものがある。無心にくちずさんでいると、いかにも「長い」という印象をうけるが、そこで主役を演じている山鳥は、雌雄谷間をへだてて寝る習性があり、昔の人々は、「山鳥」と聞いただけで、直感的に応《こた》えるものがあった筈《はず》である。そういうことに想《おも》いを及ばさずに、単なる思いつきや言葉のあそびと考えるのは誤りだと思う。

（白洲正子『私の百人一首』）

この歌も調べてみると、『万葉集』の巻一一—二八〇二では「思へども思ひもかねつあしひきの山鳥の尾の長きこの夜を」の歌の次に「或《あ》る本《ほん》の歌に曰《いは》く、『あしひきの山鳥の尾のしだり尾の長ながし夜をひとりかも寝む』といふ」とある（新日本古典文学大系3『萬葉集　三』、岩波書店、二〇〇二）。平安時代に編纂された『人麿集』は人麻呂以外の歌も含んでいて、百人一首の写本の多くが「人丸」とあるので、『万葉集』の歌人とは別人と考えたほうがよいかもしれないという説もある。これも天智天皇の歌と同じく、いつのまにか彼の作とされてきたと考えられる。

また、『古今和歌集』の仮名序で、紀貫之《きのつらゆき》が「柿本人麿なむ歌の聖《ひじり》なりける（柿本人麿《かきのもとのひとまろ》でありまして、彼こそは「歌聖」でありました）」（小沢正夫・松田成穂校注・訳、新編日本古典文学全集11『古今和歌集』小学館、一九九四）と評している。次項の**3**山辺赤人については「歌にあやしく妙《たへ》なりけり。人麿は赤人が上《かみ》に立たむことかたく赤人は人麿が下《しも》に立たむことかたくなむありける（歌にただならずすぐれておりました。人麿は赤人の上に立つことがむずかしく、赤人は人麿の下に立つことがむずかしかったのであります）」（前掲書）と、二人を並び称している。天智・持統天皇親子の次に、力量のある二人を続けて撰んだということになる。

ゆかりの歌碑

柿本人麻呂の万葉歌碑が大津市に四首、七基立っている。

大津市役所　〔大津市御陵町三ー一〕

大津市役所正面玄関、時計塔の下にある。

柿本人麻呂の万葉歌碑①

さゞなみ能《の》　志賀《しが》の大わだ　よどむとも　昔の人耳《に》　亦《また》も逢はめやも

歌意　楽浪の志賀の大わだは、今このように淀んでいても、昔の人にまた逢えようか。（巻一ー三一）

円球（直径六〇センチ）の黒御影石に彫られている。近江神宮初代宮司の平田寛一氏が揮毫した。昭和四二年（一九六七）現庁舎完成の時据えられた。六六七年、壬申の乱によっていわゆる大津京はなくなり、廃都となった。それから十数年たった持統天皇の時代に、人麻呂は若き日を過ごした大津京の跡を訪れた。荒れ果てた旧都を見て、志賀の「大わだ」つまり、入り江は昔と変わらない風景であるが、入り江に舟を浮かべていた近江の宮廷人たちには、もう二度と逢えないと歌っている。

大津市役所前の歌碑「さざなみ能」

雄松崎《おまつざき》湖岸（大津市南小松）

比良の山々を背景に、東方の琵琶湖に張り出した砂州《さす》が雄松崎である。約三キロにわたって白砂青松が続き、古くから風光明媚《ふうこうめいび》の地として知られる。昭和二五年（一九五〇）に琵琶湖が国定公園に指定されたのを機に選定された琵琶湖八景にも、「涼風　雄松崎の白汀《はくてい》」として取り上げられている。

柿本人麻呂の万葉歌碑②

さゝ浪の　比良の大曲《おおわだ》　よどむとも　昔の人に　また逢わめ　やも　万葉集から　游華書

ＪＲ湖西線近江舞子駅を琵琶湖に向かって行くと、最初の駐車場の浜側、「近江舞子警備派出所」と書かれた裏の湖側の松林の中に立っている。建物の陰に隠れているので、道からは見えにくい。自然石（八六×一五〇チセン）で、裏面に「平成十年二月、小松区の近江舞子観光協会」と刻まれている。この碑は変体仮名も使われていないので、実に読みやすい。松林の中で琵琶湖を背景にしているのがよい。歌碑①では「志賀」となっている部分が「比良」となっている。これは異なる歌と数えていない。

雄松崎の歌碑「さゝ浪の」

近江大津宮錦織遺跡（大津市錦織二丁目八－一〇）

京阪電鉄近江神宮駅から県道四七号に出て、四〇メートルほど北上すると、右手に「近江大津宮錦織遺跡」があり、県道四七号を背にして歌碑がある。

柿本人麻呂の万葉歌碑③

柿本人麻呂作歌　玉だすき畝傍《うねび》能《の》山の　橿原《かしはら》のひじりの御代《みよ》ゆ　生《あ》れまし、神のことごと　つがの木のいや継ぎ継ぎに　天《あめ》能《の》下知らしめし、を　天《そら》にみつ大和を置きて　あをによし奈良山を越えいかさまに思ほしめせか　天《あま》ざかる鄙《ひな》にはあれど石《いは》走る近江の国の　楽浪《ささなみ》能《の》大津の宮に　天《あめ》能《の》下知らしめしけむ　天皇《すめろき》能《の》神の尊《みこと》の　大宮はこゝと聞けども　大殿《おほとの》はこゝと言へども　春草の繁く生ひたる　霞立つ春日の霧《き》れるももしきの大宮所《おおみやどころ》　見れば悲しも　巻一　二十九番　坂本信幸書

近江大津宮錦織遺跡の歌碑「玉だすき」

歌意　（玉だすき）畝傍の山の、橿原の聖なる神武天皇の御代から、お生まれになった歴代の天皇が、（つがの木の）次々に続いて、天下を治められたのに、（天にみつ）大和を捨てて、（あをによし）奈良山を越えてどのようにお考えになったものか、（あまざかる）辺鄙な田舎ではあるが、（いはばしる）近江の国の、楽浪《さざなみ》の大津の都で、天下をお治めになった、あの天智天皇の旧都はここだと聞くけれど、宮殿はここだと言うけれど、春の草がいっぱい生えている、霞が立って春の日が霞んでいる、（ももしきの）この都の跡を見ると悲しい。（巻一－二九）

九三×二六三センチ。万葉学者で富山県高岡市万葉歴史館の坂本信幸館長の揮毫と記されている。平成二〇年（二〇〇八）に淡海《おうみ》万葉の会が建てた八基のうちの一基である。史跡を前にして立っている。

大津京シンボル緑地〔大津市錦織二ー九〕

近江大津宮錦織遺跡から二六〇メートルほど北上すると、右手に「史跡近江大津宮錦織遺跡」という説明板が見える。天智天皇と柿本人麻呂、平忠度の歌碑が同じ所にある。平成一八年（二〇〇六）に大津市観光振興課が建てた。

柿本人麻呂の万葉歌碑④

近江《あふみ》の海《うみ》夕《ゆふ》波《なみ》千《ち》鳥《どり》汝《な》が鳴《な》けば　心《こころ》もしのに古《いにしへ》思《おも》ほゆ　柿本人麻呂

歌意　近江の海の夕波千鳥よ、おまえが鳴くと、心も萎えるばかりに過ぎし日々が思い出される。（巻三ー二六六）

※以下歌碑⑤⑥の読みと歌意は同じ。

大津京シンボル緑地の歌碑「近江の海」

一二〇×八三センチ。緑地内にある天智天皇や平忠度の碑と同じ素材を使っている。素材の違う額田王と藤原鎌足の碑は平成二〇年（二〇〇八）に淡海万葉の会が建てた。

近江時計眼鏡宝飾専門学校〔大津市神宮町一－一〕

柿本人麻呂の万葉歌碑⑤

柿本人麻呂　淡海乃海《あふみのうみ》　夕浪千鳥《ゆふなみちどり》　汝鳴者《ながなけば》　情毛思努爾《こころもしのに》　古所念《いにしへおもほゆ》

専門学校敷地内の歌碑「淡海乃海」

大津京シンボル緑地から近江神宮に向かって上っていくと、近江時計眼鏡宝飾専門学校がある。天智天皇が日本の時刻制度を発祥させた地として、昭和四四年（一九六九）に「時の記念日」制定五〇年を記念し、学校が開設された。その前庭に万葉仮名で書かれた自然石の歌碑（九五×一六五センチ）がある。昭和五三年（一九七八）建立。

琵琶湖大津館横柳が崎湖岸　〔大津市柳が崎五―三五〕

柿本人麻呂の万葉歌碑⑥

柿本人麻呂　淡海乃海　夕浪千鳥　汝鳴者　情毛思努爾　古所念　孝書

琵琶湖大津館の横、湖を背景に、52ページの市神神社の額田王の碑と同じく万葉学者の犬養孝氏による揮毫。（八五×一六三センチ）。この歌の碑は大津に三基あり、歌碑⑤と同じく万葉仮名で書かれている。三ヶ所のうち最も歌にふさわしい場所にあるような気がする。平成二〇年（二〇〇八）に淡海万葉の会が建立した。左の解説碑ものちに設置された。

県営都市公園湖岸緑地唐崎苑　〔大津市唐崎一丁目一〇〕

唐崎神社の少し北にある唐崎苑に、これも湖を背景に佐佐木幸綱が揮毫した碑がある。

柳が崎湖岸の歌碑「淡海乃海」

佐《さ》ゞ奈《な》ミ能《の》志賀　の辛崎幸久《からさきさきく》　あれど大宮人の　船待ち可《か》ねつ　佐佐木幸綱書

歌意　楽浪の志賀の唐崎は、今も変わらずにあるが、昔の大宮人の船をひたすら待ちかねている。

（巻一―三〇）

佐佐木幸綱は、歌人、国文学者、日本芸術院会員。早稲田大学名誉教授。祖父は文化勲章受章者の佐佐木信綱、父の佐佐木治綱も歌人である。『万葉集』では、本書60ページの「玉だすき」の長歌の次に、この「さざなみのしがのからさき」が記され、その次に57ページの「さざなみのしがのおおわだ」が詠まれている。平成二〇年（二〇〇八）に淡海万葉の会が建てた。長歌と短歌については次項3山辺赤人で説明する。

また、平成二九年（二〇一七）、淡海万葉の会がこの歌碑の右方に舎人吉年《とねりきね》と但馬皇女《たじまひめみこ》の歌碑を建て、同会による碑は合計一〇基となった。その息の長い取り組みには敬意を抱く。

湖岸緑地唐崎苑の歌碑「佐ゞ奈ミ能」

3

歌④　山辺赤人《やまべのあかひと》

田子《たご》の浦《うら》にうち出《いで》てみれば白妙《しろたへ》のふじのたかねに雪《ゆき》はふりつゝ

歌意　田子の浦の、眺望のきくところに進み出て、はるか彼方を見渡すと、まっ白い富士の高峰《たかね》に、今もなお雪はしきりに降っていることだ。

出典　『新古今和歌集』冬

きまり字　「たご」の二字

作者　生没年不詳。奈良時代初期（八世紀）の宮廷歌人。『古今和歌集』序で、歌聖として**2**柿本人麻呂と並び称された。三十六歌仙の一人であり、天皇に従って吉野・紀伊に旅し、自然情景を詠むことに秀でていた。「山部」の字を使っている文献も多い。

平安時代に人麻呂・赤人と並び称された歌人で、古今の序には、「人麻呂は赤人が上に立たむ事かたく、赤人は人麻呂が下に立たむ事難くなむありける」と評されたほどの人物であった。その作風は、自然描写にすぐれ（中略）「田子の浦」の歌は、

長歌に付随した反歌で、（中略）

田児《たご》の浦ゆうち出でて見れば真白にぞ
不尽の高嶺に雪は降りける

（中略）赤人の伝記もわかってはいない。ただ八世紀の前半に活躍したというだけで、宮廷歌人として、行幸に供奉《ぐぶ》して詠《よ》んだ歌が大部分を占めている。（中略）長歌の詞書《ことばがき》には、「不尽の山を望《みさ》くる歌一首」とだけ記し、旅行の途上、実際に富士山を見て詠んだのであろう。そういう驚きと喜びに満ちあふれている。ひるがえって、百人一首の歌をみると、全体の調子がやわらかくなり、極端なことをいえば、歌枕《うたまくら》の富士山を眺めるような感じがする。「田児の浦ゆ」といえば、田子の浦一帯からの眺めになり、実際にも当時の田子の浦は、今よりはるかに広い範囲をさしたようである。が、ゆがいにに変っただけで、景色は一変する。広い海原からではなく、せまい浜べに限定され、全体の印象が弱められる。動きを失うといってもいい。（白洲正子『私の百人一首』）

文中の長歌とは和歌の形式の一つで、五音と七音の二句を交互に三回以上繰り返し、最後を多く七音で止めるもの。ふつう、その後に反歌を添える。万葉集に多くみえ、平安時代以降は衰えた。反歌とは長歌のあとに詠み添える短歌で、長歌の意を反復・補足または要約するもの。また、詞書とは和歌や俳句の前書きとして、その作品の動機や主題・成立事情などを記したもの。万葉集のように、漢文で書かれたものは題詞《だいし》という。

つまり、万葉集での「田子の浦ゆ」「真白にぞ」「降りける」が、百人一首では「田子の浦に」「白妙の」「降りつゝ」に変化している。万葉集の歌は目の前の風景をそのままとらえ、まわりくどくなくずばり写し表しているから、とても新鮮な驚きになる。百人一首の歌の方は、まわりくどいというか、時間も場所も離れた地点から見ている。言葉に磨きをかけて、あかぬけしたものにしたという意味では、百人一首の方がよいともいえるかもしれないが、万葉集の素直さ、勢いには欠けるというのが正子の言わんとするところであろう。

なぜこのように変わったのかについては、高橋睦郎『百人一首』（中公新書、二〇〇三）に大和王権が誕生した歴史的いきさつではないかという次のような説が載る。

かつて蝦夷《えぞ》の聖山であった富士は大和王権の支配下に入り、祭神も皇室と関わりの深い木花咲耶毘売《このはなさくやびめ》となった。都から来た木花咲耶毘売にふさわしく、万年雪の形容の「真白にそ」も「白妙の」に変えられた。荒荒しい蝦夷の山富士も時代とともに雅《みやび》やかな日本の山となった。そこに降る雪も「ふりつつ」と優しくなったのである。

また、この歌は『新古今集』に転載されたとき、新古今風に、しらべを重視して、一首の流れを優美にするため変えられてしまったのではないかともいわれている。

ゆかりの地・歌碑

東近江に山辺赤人の「山辺」を「山部」としている山部神社《やまべ》がある。赤人廟碑《あかひとびょうひ》と万葉歌碑、百人一首歌碑がある。

山部神社（東近江市下麻生町二一四）

近江鉄道八日市駅から貴生川方面に乗り、朝日大塚駅下車徒歩約二キロの下麻生は、山辺赤人が生涯を閉じた地であるといわれる。神社は山辺赤人を祭神とし、明治九年（一八七六）に小松大明神から山部神社に改称した。造営に関する記録が少なく建立年代は不明であるが、建築様式上は一六世紀初期と推定される。

田園風景が広がる下麻生辺りは、一二世紀頃に花山院家領の麻生荘として開かれた地域で、荘園時代の歴史を

山部神社

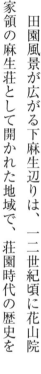

伝える社寺や中世の石造物が数多く残されている。花山院家は藤原北家《ほっけ》道長流の家で、関白藤原師実《もろざね》の次男家忠が花山院を伝領して家号としたのに始まる。花山院は平安時代に栄えた邸宅で、平安京の近衛大路の南、東洞院の東にあり、広さは一町に及んだ。現在の京都御苑内で京都御所の南の場所が跡地である。その花山院の荘園であったのが、この辺りである。下麻生は藤原一族と関係が深かった。そして、山部神社は、鎌倉時代以降は荘園や灌漑用水の利用をめぐる論争にかかわるなど、当地の中心的な存在としての役割を果たしたと伝える。

赤人廟碑

本殿に向かって右側、七本の石柱に囲まれた中、右から左に「赤人廟碑」と書かれ、その下に縦書きで二〇行ほどにわたって、赤人とこの神社とのいわれが書いてあるが、判読しにくい（一八〇×四三センチ）。碑文には赤人寺は山部赤人の創建で「小松社」（山部神社）が赤人の廟にあたり、近くには赤人の墓や赤人桜とよぶ桜木があったなど、赤人と当地の関係が詳しく記されているそうだ。慶応元年（一八六五）桂園派の歌人渡忠秋《わたりただあき》の勧めで、赤

山部神社の赤人廟碑

人廟碑の碑文が刻まれ、明治元年（一八六八）その碑を境内に建てた。廟碑建立に奔走した忠秋は、高島郡南船木村（高島市安曇川町南船木）の出身である。江戸中期に起こった古事記や日本書紀、万葉集などの古典研究の学問の国学が、江戸末期のこのころ盛んになってきて、山辺赤人が見直されたという時代的背景から、碑が建立されたと考えられる。廟碑建立を契機に赤人の山部神社の名が定着していったとのことである。そういう意味では碑が建立される意義があった。幕末から明治の混乱期によくぞ建てたものである。

山部赤人の万葉歌碑

山部宿禰赤人　春《はる》野《の》能《の》寿《す》み礼《れ》摘《つみ》　尓《に》にと古《こ》し我《われ》そ
野《の》を　なつかしミ一《ひと》夜《よ》寝《ね》　仁《に》計《け》る　正八位渡忠秋
謹書

歌意　春の野にすみれを摘むために来た私は、野に心をひかれて、そこで一夜宿った。（巻八－一四二四）

境内の説明板には一八七九年（明治一二）に建立とある。

赤人廟碑建立の一二年後に、建立に尽力した渡忠秋の書で

山部神社の万葉歌碑「春野能」

赤人の万葉歌を刻したと考えられる（四三×四八チセン）。赤人廟碑の前にある歌碑が、かわいらしく感じられる。

山部赤人の歌碑

田《た》籠《ご》乃《の》浦《うら》耳《に》宇《う》ち出帝《いでて》　み礼《れ》盤《ば》志《し》路《ろ》堂《た》遍《へ》能《の》不《ふ》二《じ》　能《の》高《たか》根《ね》尓《に》ゆ畿《き》盤《は》ふり津《つ》ゝ

山部赤人能歌□□□□

資料には昭和四二年（一九六七）建立とある。碑（二〇〇×一三一チセン）の判読できないところは□であらわした。変体仮名を読んでみると、これは『万葉集』の赤人の歌ではなく『小倉百人一首』の**歌④**が彫られている。万葉集の歌より百人一首の方が一般的であったからだと考えられる。ただ、せっかく建立されているのに、説明板がないため、赤人の歌とわからないのはもったいない。

赤人桜（冠掛けの桜）

赤人が冠を掛けたという木が「赤人桜」「冠掛

山部神社の歌碑「田籠乃浦耳」

けの桜」として今に伝えられている。何々の桜、何々の松など、いにしえ人をしのぶ形で全国に見られる木々の一つだろう。過去の資料には「赤人桜」とあったが、現在は表示がない。赤人廟と万葉歌碑がある辺りにある二本の桜がそうであろうか。山部神社のものはどれもわかりにくい。

赤人寺《しゃくにんじ》〔東近江市下麻生町二一二〕

山部神社に隣接して養老山赤人寺がある。境内の略縁起には次のように記されている。

当寺は奈良時代の歌人、山部赤人公の創建で、またその臨終の地と伝えられます。寺伝によると赤人公は若い頃、「汝は我が生まれ変わり」との夢のお告げにより田子の浦から一寸八分の如意輪観音を念持仏として迎え、歌道に霊験を得ました。壮年に及んで蒲生野へ遊歴された際、木に掛けた冠がはずれなくなって一夜を過ごした

山部神社の「赤人桜」と思われる桜

赤人寺

ところ、再び「この地こそ仏法興隆の勝地なり、この地に安置すべし」との夢のお告げによって当寺が創建されました。元正天皇より「養老山」の勅額を賜わり「赤人寺」と名づけられ、赤人公は観世音を護持してこの地で生涯を閉じたと伝えます。

赤人供養塔（石造七重塔）

赤人寺の堂裏に供養塔がある。国指定重要文化財の七重石塔は、山部種生が赤人の冥福を祈って建てた「赤人供養塔」であると伝えられる。塔身《とうしん》には「文保貳《ぶんぽうに》年」（一三一八）「戊牛歳弐月日」と陰刻してある。各部がよく揃っていて、在銘の七重の塔としては貴重なものだそうだ。

赤人寺の赤人供養塔

4　歌⑨　小野小町《おののこまち》

花《はな》のいろはうつりにけりないたづらに我身《わがみ》よにふるながめせしまに

歌意　美しい桜の色は、もう空しく色あせてしまったことであるよ。春の長雨が降っていた間に。そして、私も男女の仲にかかずらわっていたずらに物思いをしていた間に。

出典　『古今和歌集』春

きまり字　「はなの」の三字

作者　生没年不詳。平安時代（七九四〜一一九二）前期の女流歌人で、六歌仙・三十六歌仙の一人。二つの歌仙に選ばれているのは、小野小町と僧正遍《へん》昭《じょう》（歌⑫あまつ風雲《かぜくも》のかよひ路吹《ちふき》とぢよ乙女《をとめ》のすがたしばしとゞめん）、8在原《ありわらの》業平《なりひら》（110ページ）の三人だけである。並ぶ者のない美女とされ伝説も多く、謡曲や御伽草子《おとぎぞうし》、浄瑠璃《じょうるり》などの題材となっている。

実在したが架空の人物でもあったという説が、もっともよく当てはまるのは小野小町かも知れない。一応「出羽《では》の郡司が女《むすめ》」として知られているが、それが小野氏の誰であったか不明である。生没年は勿論《もちろん》のこと、実名もわかってはいない。たしかなことは、仁明《にんみょう》天皇の頃、宮廷に仕えていた、たぐい稀《まれ》なる美女であり、歌の上手として知られているだけで、在原業平《ありわらのなりひら》、文屋康英《ふんやのやすひで》、僧正遍昭《へんじょう》などと親しかったのは『古今集』の問答歌から知ることが出来る。（中略）下の句には技巧が凝らしてあり、世に経るという詞《ことば》に、古びて行くと、雨が降る意味を重ね、ながめを長雨にかけて、短い句のなかで複雑な表現を行っている。（白洲正子『私の百人一首』）

『古今和歌集』仮名序に「小野小町《をののこまち》は、古《いにしへ》の衣通姫《そとほりひめ》の流《りう》なり。あはれなるやうにて、つよからず。いはば、よき女《をうな》のなやめるところあるに似たり。つよからぬは女《をうな》の歌なればなるべし。（小野小町の歌は昔の衣通姫《そとおりひめ》の系統であります。しみじみと身にしみる歌ですが、強さをもっていません。いうなれば、病に悩んだ高貴の女性に似ております。強くないのは女の歌だからでありましょう）」（小沢正夫・松田成穂校注・訳、新編日本古典文学全集11『古今和歌集』小学館、一九九四）と記されているので、実在した人物と考えられる。彼女の美しさにまつわる伝説が成立して、文芸の新しい素材となっている。

例えば、能『通《かよい》小町』は、小町に恋した深草少将が、百夜通えば望みをかなえてやるという小町のことばを信じて、通いつめた九十九夜目に大雪のため途中で凍死してしまう話で、美女の人情に薄く、思いやりの気持がなく、おごり高ぶって人を見下す性格を描いている。能『卒都婆小町《そとば》』は、朽ちた卒都婆に腰かけた乞食の老女が仏道に入る話であるが、その老女は深草少将の霊にとりつかれた小町の「なれの果て」であったというあらすじである。小野小町も長い年月と多くの人々の手を経て創り出された一つの偶像といっていいのかもしれない。

『小倉百人一首』の中で在原業平が一番の美男子、小野小町が一番の美女といわれる。美人が夫も子も持たず、孤独で終わるからこそ、本当の美人との思いから、小町の末路は次の能『関寺小町』で示したように、哀れな晩年だとされていったのかもしれない。

ゆかりの能・供養塔など

小町伝説や遺跡は全国にどれだけ残されているのかわからないほどである。近江に関連して、能『関寺小町』と関寺跡《せきでら》や関蝉丸神社《せきせみまる》下社、月心寺、小野神社、小野篁《おののたかむら》神社および彦根市小野町の供養塔二基、塚二基、像を紹介する。

能『関寺小町』（三老女の一曲）

近江国逢坂山《おうさかやま》、関寺近くの老女の庵室辺りが舞台。七夕の日は関寺で歌道などの技の上達を祈る日である。ある年の七夕の夕暮れ、関寺の住職が稚児《ちご》を連れて寺の近くに庵を結んで暮らしている歌の道を極めている老女を訪ねた。老女は僧に請われるままに歌物語を語り始め、その言葉の端から彼女が小野小町であることがわかる。小町は昔の栄華を偲び、年をとってみすぼらしくなった今の姿を嘆く。寺の七夕祭に案内された小町は稚児の舞に誘われ自らも興に乗り、昔を偲んで舞い、暁の鐘の音とともに杖をつき自分の庵に帰って行く。

関寺跡（長安寺）（大津市逢坂二−三−八）

能の中で「江州《ごうしゅう》関寺」と謡《うた》われるのは、近江国逢坂山の関寺で、近くに住む老女のそまつな住まいが舞台である。万寿二年（一〇二五）に著された『関寺縁起』によると、古来、「逢坂の関」付近には、関寺または世喜寺と呼ばれた大寺院があった。建てられた年代は不明で、関寺大仏と呼ばれた高さ約一五メートルの弥勒菩薩を本尊とし、平安時代には、『更級日記《さらしな》』の作者菅原孝標女《すがわらのたかすえのむすめ》も訪れている。関寺は南北朝（一三三六〜一三九二）

時代に勢いがなくなった。跡地と考えられる一部に長安寺がある。

小野小町の供養塔①

長安寺の境内に、一遍上人供養塔と並んで小野小町供養塔がひっそりと立っている。

関蝉丸神社下社〔大津市逢坂一－一五－六〕

長安寺から二〇〇メートルほど「逢坂の関」に向かって上ると、関蝉丸神社下社がある。詳しくは5蝉丸（85ページ）で紹介する。下社の本殿裏に小町塚がある。

小野小町の塚①

本殿右横の山道を五〇メートルほど上ると、小野小町の塚がある。（九五×七〇センチ）。昔は関寺の一部で、小町ゆかりの地に塚が建立されたと考えられ、関寺の境内は広かったこと

長安寺の小野小町供養塔

関蝉丸神社下社の「小町冢」

がうかがえる。横書きで「小町冢」と書かれ、下に和歌が書かれているが、判読しにくい。『大津の碑』（大津市、一九八六）によると、「自然石に、『小野冢（塚）花のいろハうつりにけりないたづらにわが身世にふるながめせしまに』と彫りこんでいる」とある。判読できないので、歌碑とせず、塚とした。

月心寺（大津市大谷町二七－九）要予約

月心寺は京阪電鉄大谷駅下車、西に歩いて四五〇メートルほどにある。逢坂の関近く、かつては東海道で非常ににぎわっていた走井《はしりい》茶屋の跡である。旅人のオアシスとして明治初期までにぎやかであったが、その後は住む人もなく、荒廃した茶屋跡を見かねた京都の日本画家・橋本関雪（一八八三〜一九四五）が、大正四年（一九一五）別荘として購入。関雪没後の現在は、関雪の菩提寺・瑞米山《ずいべいさん》月心寺となっている。山の斜面を巧みに利用した相阿弥《そうあみ》（室町時代の絵師・連歌師）作と伝わる池泉回遊式庭園の走井庭園や運慶作と伝わる小野小町百歳像を祀る百歳堂がある。

月心寺の百歳堂

境内には今も枯れることなく走井の名水が湧き出ている。庭園にたたずむと、名水が滝となって鯉のいる池に注ぎ込む。国道一号の傍にありながら、通過車両の騒音をしばし忘れさせてくれる。本当にすばらしい庭である。

歌川広重が描く『東海道五十三次』では、あふれ出る走井の水のそばの茶店で旅人が休息している姿が見える。蝉丸や小野小町、明治天皇、高浜虚子などと縁があり、敷地内にそれぞれの旧跡が遺されている。拙書『近江の芭蕉―松尾芭蕉の世界を旅する―』（サンライズ出版）の取材で、芭蕉句碑「大津絵の筆の　始《はじめ》は何佛《なにぼとけ》　はせを」を訪れている。庭園の小高いところにある百歳堂の裏庭に芭蕉の句碑がある。正式には「月心寺」と四角い紙行灯がかかっている場所は元走井茶屋の庭園で大津市に属し、塀を隔てて京都側にある月心寺は京都市山科区にある。

小野小町の百歳像

百歳堂には小町が一〇〇歳のときの姿を表したという百歳像が祀られている。像高三五センチ。江戸中期に供養塔①で述べた関寺（長安寺）から走井の茶屋がもらい受けたそうだ。最初は小さな堂に納められていたが、江戸中

月心寺百歳堂の小野小町百歳像

期～後期に茶室を建て、改造を重ね、百歳像を安置した。右手に筆を持ち、左手には短冊を持っていたが、現在は両方ともなくなっている。玉眼《ぎょくがん》（仏像などの眼に水晶などをはめこんだもの）で、非常ににこやかな顔をしておられる。能『関寺小町』の稚児と打ち解けて楽しく語り合っているかのような像である。一〇〇歳というのでどんなお顔かと思っていたら、柔和な表情でほっとした覚えがある。

小野神社・小野篁神社〔大津市小野一九六一〕

ＪＲ湖西線和邇《わに》駅から南へ、滋賀銀行のある通りを一キロほど進み、和邇川を越えるとまもなく、西側に参道と鳥居が見える。鳥居をくぐると広い境内があり、正面の階段の上に小野神社の末社・小野篁神社がある。小野篁神社の左手奥に、玉垣に囲まれた小野神社本殿が鎮座している。木々が生い茂る静かな雰囲気の中に、社殿が趣のあるたずまいを見せている。小野神社は推古天皇の代に小野妹子が先祖を祀って創建したと伝えられる。遣隋使であった小野妹子や6小野篁（93ページ）、平安時代の能書家の一人とされる小野道風などを生んだ古代の名族小野氏の氏神である。祭神の米餅搗大使主命《たかねつきおおみのみこと》は、妹子の先祖で、第五代孝昭《こうしょう》天皇の第一皇子である天足彦国押人命《あまたらしひこくにおしひとのみこと》の七代目の孫にあたり、応神《おうじん》天皇の頃に日本で初めて餅つきをしたと伝えられている。そのため、菓子作りの神様として、今でも例祭の「しとぎ祭り」には、全国の菓子業界からの参拝を受け、広く信仰を集めている。小野神社の本殿前には左右に少しピンク色を帯びた石で造られた二重の鏡餅が飾られている。台座に「日本万国博覧会開催記念　全国和菓子大品評会」と刻まれていた。

小野小町の供養塔②

鳥居をくぐり、五〇《メートル》ほど進むと、左手に6小野篁の歌碑（97ページ）がある。そこを左手に少し上ると供養塔（一五八×六〇《センチ》）がある。「小野小町はこの歌からも美女であった事がうかがえる」と記した説明板と百人一首風のカラーの小町の絵が右に並んでいる。その石段を登り切ると小野神社がある。

小野神社・小野篁神社の小野小町供養塔

彦根市小野町

彦根市内の旧中山道を北上すると、彦根市小野町に入る手前に小町塚がある。手前に小町前茶屋跡、小町前の表示があり、石碑に「中山道小野町」と彫られている。茶屋跡には「明治中期まで茶店があった。お多賀さん参りの客で賑わう」と書かれていた。

小野小町の塚②

小町塚と書かれた碑（八〇×五〇センチ）がある。平成一八年（二〇〇六）に小野町によって設置された説明板には、次のように記載されている。

> 地元に伝わる郷土芸能「小野町太鼓踊り」の中には、小野小町が謡われており、この地を誕生地とする伝承が残っている。（中略）本町の池上家は、江戸初期まで当地で、代々、神授「小町丸」という赤玉の丸薬を、製造販売していた。同家に伝わる『宝伝記』には、病気になった小野小町が薬神から授かって快気した薬を、池上家が譲り受けた。

全国にある小野小町ゆかりの塚の一つである。後ろには「小町地蔵」として親しまれてきた石仏があり、自然石を利用して、阿弥陀如来坐像が浮き彫りされている。

小町塚の横にある兎と猿の碑

彦根市小野町の小町塚

堂内を覗き込んでみると、ぼんやりとその輪郭がわかった。

塚の左には平成一七年(二〇〇五)に建立された、兎と猿が太鼓をたたいている姿が描かれた石碑があった。「小野の　小町に　はたおり　させば　あやや　にしきの　姫ばたを」と書かれている。小野塚から先へ進んで、小野町の集落の中には「小野太鼓踊り保存会」の看板がかかった建物もあった。

5 歌⑩ 蟬丸《せみまる》

これやこの行《ゆく》も帰《かへ》るも別《わか》れてはしるもしらぬも相坂《あふさか》の関《せき》

歌意 これがまあ、あの都から東国へ行く人も、それを見送って都へ帰る人も、ここで別れては、また、知っている人も知らぬ人も、ここで逢《あ》うという、その名も逢坂の関なのだなあ。

出典 『後撰和歌集』雑

きまり字 「これ」の二字

作者 生没年不詳。実在もはっきりしない伝説的な人物。平安時代（七九四～一一九二）前期の歌人、音楽家。天皇の皇子であったとか、盲目の琵琶法師であったとかいう説もあり、また、盲人ではなく、単に乞食であるとする伝承もあり、宇多《うだ》天皇の第八皇子敦実《あつみ》親王に仕えた雑色《ぞうしき》とも、醍《だい》醐《ご》天皇の第四皇子とも伝えられる。

逢坂山は防衛上重要な地点で、早くも孝徳天皇の大化二年（六四六）には、関所がもうけられ、坂の神は東西をへだてる「境の神」であり、関所を守る「関の神」でもあった。そういう所には芸能人が集っていたから、蟬丸もその一人ではなかったであろうか。『今昔物語』には、醍醐《だいご》天皇の頃、源博雅《みなもとのひろまさ》という琵琶の上手が、三年の間通いつめて、蟬丸から秘曲を伝授されたという逸話がのっている。（中略）『平家物語』にとりあげられた頃には、延喜《えんぎ》（醍醐天皇）第四の皇子が、世をしのぶ姿に昇格されてしまう。謡曲の『蟬丸』はそれに則《のっと》って作曲された。

（白洲正子『私の百人一首』）

逢坂山は大津市と京都市との境に近い山。逢坂の地名は『日本書紀』に神功《じんぐう》皇后の将軍の武内宿禰《たけのうちすくね》と忍熊王《おしくまおう》の軍勢が、ここで逢ったことから名付けられたと伝えられる。逢坂山には関が設けられ、ここを越えて東国へ向かった。この逢坂の関のそばに庵を作って住んでいた盲人で琵琶の名手だったというのが蟬丸。出典となった『後撰和歌集』雑一―一〇八九の詞書には「相坂《あふさか》の関に庵室を作りて住《す》み侍けるに、行《ゆ》き交《か》ふ人を見て」（片桐洋一校注、新日本古典文学大系6『後撰和歌集』岩波書店、一九九〇）とある。『今昔物語』の巻二四には「会坂《あふさか》ノ関ニ一人ノ盲《めしひ》、庵《いほり》ヲ造《つくり》テ住ケリ。名ヲバ蟬丸《せみまろ》トゾ云ケル。此レハ敦実《あつみ》ト申《まうし》ケル式部卿《しきぶきやう》ノ宮ノ雑色《ざふしき》ニテナム有ケル」（小峯和明校注、新日本古典文学大系36『今昔物語集　四』岩波書店、一九九四）とあり、「盲人の雑色」となっている。『平家物語』の巻十「海道下《かいどうくだり》」では「四宮河原《しのみやがはら》になりぬれば、こゝはむかし延喜第四《だいし》の王子蝉丸《せみまる》」（梶原正昭・山下宏明校注、新日本古典文学大系45『平家物語　下』岩波書店、一九九三）と、醍醐天皇の第四の王子として登場している。小野小町と同じように長い年月と多くの人々の手を経て創造された一つの偶像といっていいのかもしれない。

ゆかりの能・歌碑・菓子

能『蝉丸』と関蝉丸神社、逢坂の関記念公園の歌碑二基および菓子「蝉丸」を紹介する。

能『蝉丸』

醍醐天皇（延喜帝）（八八五～九三〇）は盲目の第四皇子、蝉丸を「逢坂山に捨て、出家させよ」と臣下の藤原清貫《ふじわらのきよつら》に命じる。嘆く清貫に、蝉丸は「この夜に生まれる前の私の罪を消し、次の世に生まれてくる私の幸せを願って、帝は今の私に罪を償わせようとされているのだ」と清貫に諭す。清貫は、その場で蝉丸の髪を剃って出家の身とし、蓑《みの》や笠、杖を渡し、別れる。一人になった蝉丸は、琵琶を胸に抱いて泣き伏す。蝉丸の様子を見にきた源博雅《みなもとのひろまさ》は、あまりに痛々しいことから、雨露をしのげるように藁屋《わらや》をしつらえて、蝉丸を招き入れる。

一方、天皇の第三子であり、蝉丸の姉である逆髪《さかかみ》は、生まれつき逆立った髪をもち、その苦悩から狂人となり、辺地をさ迷う身となっていた。ある日、山の藁屋から琵琶の音が聞こえ、訪ねてみると、それは弟の蝉丸であった。二人は我が身の不幸な境遇を語り合い、慰め合う。しかし、それぞれ授けられた運命に従い、涙ながらに再び別れの時を迎える（平安朝時代は、顔立ちの美醜より髪のみごとさこそが美人の第一条件とされていたという背景がある）。

関蝉丸神社〔上社《かみしゃ》…大津市逢坂一丁目二〇、下社《しもしゃ》…逢坂一丁目一五—六〕

逢坂山には、上下《かみしも》二つの蝉丸神社がある。他に、逢坂山の峠を京都側に少し越えた大谷町にも蝉丸神社があるが、これは万治元年（一六五八）に下社を勧請《かんじょう》した分社。神社は弘仁一三年（八二二）、近くにあった関所「逢坂の関」を守るために建てられたと伝えられる。

京都から「逢坂関址」碑を左に見て大津に入ると、国道一号沿いの左手に関蝉丸神社上社へと続く石段がある。交通量が多く、交通の要衝であることを実感する。さらに六〇〇メートルほど下ると、国道一六一号線沿いに関蝉丸神社下社がある。石標には「關蝉丸

関蟬丸神社下社

神社」「音曲藝道祖神」、石灯籠には「關清水大明神」と刻まれている。参道を京阪電鉄の線路が横切っている。もともとの祭神は、上社は、天照大神《あまてらすおおみかみ》に遣わされた瓊《に》瓊杵尊《にぎのみこと》を道案内した神猿田彦命《さるたひこのみこと》、下社は、福を招き出世や安産、子孫繁栄を約束する女神の豊玉姫命《とよたまひめのみこと》で、関清水神社と称していた。のちに蟬丸も歌舞音曲《おんぎょく》の神として合わせ祀られるようになり、現在の名前「関蟬丸神社」になった。江戸時代までは芸を習得した人に「免状」を与えていた。

関蟬丸芸能祭〔関蟬丸神社下社　大津市逢坂一丁目一五－六〕

「免状」を与えていた史実により、以前は三味線や踊りなどが奉納されていたが、その後途絶えた。荒廃していた同神社の再興と大津の芸能文化の発展を目指し、地元住民らで実行委員会を組織し、平成二七年（二〇一五）から芸能祭を実施している。能楽や日本舞踊、南京玉すだれ、よし笛、江州音頭など、さまざまな分野の「芸能」を披露し、宮司から特製の免状を渡している。平成三〇年（二〇一八）は五月二七日に第四回が開催された。競技かるた愛好会「大津あきのた会」（267ページ）による百人一首朗詠で開幕。能楽からジャズにいたるまで多岐にわたる一八組の縁者が登場した。また、老朽化の激しい社殿の修復に向けての「奉賛会」を立ち上げ、神社の修復を図ろうというれしい動きもある。

蝉丸の歌碑①〈関蝉丸神社下社　大津市逢坂一丁目一五−六〉

これやこのゆくも　か遍《へ》る毛《も》わ可《か》礼《れ》天《て》八　志《し》るもしらぬ毛《も》　逢坂の関　蝉丸

京阪電鉄の線路が横切っている。踏切と境内のあまりの近さにびっくりする。踏切を渡るとすぐに鳥居があり、その右後ろに、蝉丸の歌碑（一一〇×七〇センチ）がある。碑の裏に「昭和天皇在位六十年を祝って、日展書家増永壽石氏揮毫で、昭和六十一年十二月に建てた」旨を当時の宮司が記している。このように由来を書いておいていただくと、非常にありがたい。碑から本殿に向かうと、「関の清水」があり、その右に14紀貫之の歌碑（147ページ）がある。

関蝉丸神社下社の歌碑「これやこの」

逢坂の関記念公園（大津市逢坂一丁目）

「逢坂山關址」の碑が国道一号逢坂山峠にある。その隣に逢坂の関記念公園があり、蟬丸と12藤原定方《さだかた》（137ページ）、19清少納言の歌碑、（190ページ）が並んでいる。公園は、古都大津のイメージアップを図り、歴史散策をする人々の観光交流拠点となるように、平成二一年（二〇〇九）に造られた。向かって左側に歌碑三基、その右にトイレがあり、案内板が設置されている。入口の小さい灯籠の下には「大津絵の鬼の寒念仏」の絵が埋め込まれ、工夫の跡が見える。

蟬丸の歌碑②

これやこの　行くも帰るも別れては　知るも知らぬも　逢坂の関　蟬丸

取材時は、三つの歌碑に草がからまり、見落としてし

逢坂の関記念公園の歌碑「これやこの」

「逢坂山關址」の碑と常夜灯

まいそうで、撮影するのも大変だった。取材には鎌と棒と軍手が欠かせない。平成二一年（二〇〇九）に建てられたので、字は関蟬丸神社下社のものよりは読みやすかった。向かって左端にあり、六〇×四〇センチ。

ゆかりの菓子「蟬丸」（光風堂菓舗　大津市中央二丁目四―一九）

丸屋町商店街の中にある創業明治三五年（一九〇二）の老舗の菓子。比良の暮雪《ぼせつ》、三井の晩鐘など、近江八景にちなんだ菓子とともに、百人一首の和歌や琵琶奏者として芸事に秀でた蟬丸をモチーフに銘菓「蟬丸」が生まれた。

光風堂菓舗の「蟬丸」

6

歌⑪ 参議篁《さんぎたかむら》（小野篁）

わたのはら八十嶋《やそしま》かけて漕出《こぎいで》ぬと人《ひと》にはつげよあまのつりぶね

歌意　（遠い隠岐《おき》の配所へおもむくために）広々とした海原はるかの多くの島々に心を寄せて、いま舟を漕ぎ出したとせめて京にいるあの人だけには告げておくれ。漁夫の釣舟よ。

出典　『古今和歌集』羇旅《きりょ》

きまり字　「わたのはらや」の六字

作者　八〇二〜八五二。漢詩文や書にも優れた多才の人。参議岑守《みねもり》の子。中国風の呼び方（唐名）で野宰相とか野相公とも称された（野は小野の略）。参議については後述する。

幼年の頃は弓馬の道に専心し、性不羈《ふき》にして直言を好み、世に容れられなかったので、「野狂」とも呼ばれた。成人してからは学問の道に入り、漢学者としても、歌人としても著名であったが、また不思議な逸話を残したことで知られている。（中略）承和《じょうわ》五年（八三八）、篁は遣唐使に任ぜられた。が、大使の藤原常嗣《つねつぐ》と不和になり、病と称して乗船しなかった為《ため》に、嵯峨上皇の勅勘をこうむり、隠岐《おき》の国へ遠島になった。これはその時よんだ歌である。

（白洲正子『私の百人一首』）

「不思議な逸話」とは、篁は嵯峨《さが》天皇に仕えていたが、夜は京都の「六道《ろくどう》の辻」の珍皇《ちんのう》寺《じ》から冥界《めいかい》（死後の世界）に通い、閻魔大王《えんまだいおう》の補佐をして罪人をさばいていた。そして、嵯峨にある「生《しょう》の六道」から、現世へ帰ってきた。あの世とこの世を自在に往復して、人々におそれられたという話で『今昔物語』に残っている。

また、結果的には「最後の遣唐使」となった承和五年（八三八）の遣唐使の副使に篁が任ぜられた。出発に二度失敗し、三度目の派遣にあたり、大使の藤原常嗣《つねつぐ》の船に欠陥があったので、朝廷が篁の船と交換させると、これを不満として乗船を拒否した。小野氏は第五代孝昭天皇の皇子である天足彦国押人命《あめたらしひこくにおしひとのみこと》を祖とする和邇《わに》氏の一族である。最初の遣隋使小野妹子をはじめ、外交の使節に任命された者も多く、外交はわが氏《うじ》との自負もあったのか、篁は、藤原氏が権力を握っているなか、名ばかりの副使という待遇には、恨みや怒りを心ひそかにいだいていたのだろう。その上、遣唐使の事業を非難する風刺《ふうし》する漢詩を作った。これが嵯峨上皇の怒りに触れて隠岐島へ配流される。

遣唐使は正式には寛平六年（八九四）に**11**菅原道真が廃止している。篁は、容易に迎合しない、いわゆる骨のあるタイプだったようである。この歌の背後に遣唐使廃止という歴史的事実が潜んでいるのは実に興味深い。

後に、**28**後鳥羽院《ごとばのいん》（245ページ）が承久《じょうきゅう》の乱（承久三年〈一二二一〉、後鳥羽院とその近臣たちが鎌倉幕府討滅の兵を挙げ、逆に幕府軍に大敗、鎮圧された事件）に負け、篁と同じ隠岐に流される。『小倉百人一首』においては、後鳥羽院の流罪と二重写しされる。後鳥羽院は一九年後の延応元年（一二三九）に隠岐で亡くなっている。

しかし、篁はわずか二年で都に呼び戻されて出世し、参議（律令制のもとで設けられた朝廷の官職名。令外の官。その地位は大臣、納言の次に位する重要なもので、参議以上が公卿《くぎょう》と呼ばれた）にまで昇った。養老律令《ようろうりつりょう》（天平宝字元年〈七五七〉に施行された基本法令）の注釈書『令義《りょうぎ》解《げ》』の編纂《へんさん》にも参加した。百人一首では最終の官職名をつけて、「参議篁」と記されている。

この歌は承和五年（八三八）、篁が三六歳頃の作である。孫（甥という説もあり）には日本三蹟《さんせき》の一人小野道風《とうふう》がいる。日本三蹟とは平安中期の能書家である小野道風、藤原佐理《すけまさ》、藤原行成《ゆきなり》の三人。

篁ゆかりの小野神社、小野篁神社の歌碑、道風ゆかりの小野道風神社と、篁が開基とされる十王寺を紹介する。

小野篁神社（大津市小野一九六二）

4 小野小町の項でも紹介したように（81ページ）、小野神社の境内に小野篁を祀る末社・小野篁神社がある。切《きり》妻《づま》造りの本殿（重文）は、全国的にも少なく非常に珍しいもので、滋賀県下では、次に紹介する小野道風神社の本殿と天皇神社（大津市和邇中）の本殿を合わせて、わずか三棟しか残っていない。建立は南北朝時代の頃と考えられており、規模は三つの本殿の中でももっとも大きい。檜《ひ》皮《わだ》の屋根、太くて大きい木割り、低い床など、全体的に重量感があり、落ち着いた風格のある建物である。小野神社の末社としながらも参道正面にあり、その左後ろに小野神社がある。本殿の小野神社より末社の小野篁神社

小野篁神社

小野神社

の方が立派であるのはおもしろい。

小野篁の歌碑

参議篁　わ多《た》能《の》原《はら》八十《やそ》島《しま》　かけて漕《こ》ぎ出《い》でぬ　と人《ひと》尓《に》八告《つ》介《げ》よ海人《あま》　農《の》つり舟《ふね》

小野篁神社を正面に見て五〇メートルほど参道を行くと、左手に碑がある。平成一一年（一九九九）に木曽産黒光真石（一七〇×一五〇センチ）で建立された。説明板には「篁卿の御歌百人一首十一番」の次に揮毫者と寄付者の説明がある。「文化功労者・芸術院会員、日比野光鳳書　和歌山県近藤清一氏寄贈」。この二人の組み合わせで、一年後の平成一二年に26慈円の碑（231ページ）を比叡山延暦寺の文殊楼に、平成一四年に9文屋康秀《ふんやのやすひで》と10朝康《あさやす》親子の碑（120ページ）を東近江市の押立《おしたて》神社に建てている。平成になって建てられても、著名な書家が揮毫すると、変体仮名が使ってある。しかし、ここは右の説明板に歌の全文と訳が記されているので、訪れた人にもわかりやすい。

小野篁神社の歌碑「わ多能原」

小野道風神社〔大津市小野一二一三〕

小野神社から南へ約六〇〇《メートル》ほど、小野神社の飛地《とびち》境内にある。祭神は小野道風（八九四〜九六六）。道風は小野葛絃《くずお》の子で篁の孫（甥説もあり）にあたる人物で、平安時代中期における書の第一人者である。若い頃から能書家であったと伝えられる。蛙が柳に飛びつこうと何度もはねている姿を見てショックを受け、俄然やる気を出して努力をしたというエピソードが残っている。鳥居をくぐったすぐ右に柳が植えられ、その下に石造りの蛙が置かれている。今にも飛びつきそうで、道風のエピソードを踏まえているのがよくわかる。

石段を上りつめたところに本殿（重文）があり、小野篁神社・天皇神社の本殿とともに、この神社の本殿も全国的に珍しい切妻造りに向拝を付けた建物である。建立は小野篁神社とほぼ同じ南北朝時代で、型式的にもよく似ている。本殿右前の説明板には次のように記されている。

祭神は菓子の体型を創造された事により匠守の称

小野道風神社

号を賜わられ、菓子業の功績者に匠、司の称号を授与する事を勅許されていた事を知る人は少ない。菓子の匠、司の免許の授与は現在絶えているが、老舗の屋号に匠、司が使用される事は現在もその名残りとして受け継がれてきている。

お菓子の老舗の屋号に匠・司が付けられているのはそういうわけだったのかと、納得した。

焔《えん》魔《ま》堂《どう》五《ご》道《どう》山《ざん》十《じゅう》王《おう》寺《じ》〔守山市焔魔堂町一五九〕

県道二一号（旧中山道）焔魔堂町の信号を草津方面に一二〇《メートル》ほど進むと、右手に焔魔堂五道山十王寺がある。寺の前に縁起が書いてある印刷物が置いてあったが、現在は住職もおられず、少し寂しい感じがした。

縁起には、

五道山十王寺（えんまさん）は、焔魔堂町の地名由来のお寺です。開基《かいき》は、嘉祥《かしょう》二年（八四九）参議小

焔魔堂五道山十王寺

野篁によって十王《じゅうおう》と倶生神《ぐしょうしん》を刻まれて安置し十王寺と名づけられました。（中略）篁は朝廷に仕えていたが、常に閻魔界《えんまかい》に行き来していたので、（後略）

とある。『守山市誌　歴史編』（守山市、二〇〇六）によると、十王寺は平安時代の初め小野篁によって建立されたと伝えるが、いつの頃からか浄土宗に転宗している。

焔魔堂とは変わった地名だと近くを通るたびに思っていたが、よもや百人一首の参議篁が寺の開基だとは思わなかった。篁が閻魔界に行き来していたことから、土地の名前がついたなんて、この本を書こうと思わなかったら知ることはなかったと思うと、取材時に発見があるのは実に楽しい。

7

歌⑭ 河原左大臣《かわらのさだいじん》（源融《みなもとのとおる》）

陸奥《みちのく》のしのぶもぢずり誰《たれ》ゆへ《（え）》にみだれそめにし我《われ》ならなくに

歌意　あの陸奥の国の信夫《しのぶ》もじずりの乱れ模様のように、私のこころは乱れているが、それはあなたよりほかの誰のためにも乱れそめてしまった私ではないのに。あなた一人のためなのに。

出典　『古今和歌集』恋

きまり字　「みち」の二字

作者　八二二～八九五。嵯峨《さが》天皇の皇子。陸奥を愛した人であったらしく、京都東六条に塩釜の浦（宮城県）の景色をまねて庭をつくり、「河原院《かわらのいん》」と呼ばれた豪邸を造営し、左大臣従《じゅ》一位になったので、河原左大臣と呼ばれた。『源氏物語』の光源氏のモデルではないかという説もある。

嵯峨天皇の皇子に生れ、六条河原の院に住み、風流な生活を送ったので、「河原の大臣《おとど》」と呼ばれた。河原の院には、鴨川《かもがわ》の水をひき千賀《ちが》の塩竈《しおがま》に似せた庭園を造り、難波《なにわ》の浦から海水を運ばせて、汐焼《しおや》きをしてたのしんだという。その優雅な暮らしぶりは、謡曲にも脚色されて有名になったが、宇治にも贅沢《ぜいたく》な別荘を造り、これが後の平等院となった。また嵯峨の清涼寺《せいりょうじ》《ママ》（釈迦堂《しゃかどう》）も融の別荘の跡と伝えられ（後略）

（白洲正子『私の百人一首』）

河原院は、現在の渉成園《しょうせいえん》（京都市下京区にある真宗大谷派の東本願寺の飛地境内地）にあたるとの言い伝えがある。京都駅近くにこんなすごい庭園があるのかと、渉成園を初めて訪れたときはびっくりした。それが河原左大臣と関係があったと、改めて認識し、知識と知識が結びつく楽しさを味わった。大阪湾から水を運んだのは、地図を思い浮かべてみると、いかに大がかりであったかが想像できる。「汐焼き」とは製塩の手法で、海藻に海水をかけて干し、乾いたところで焼いて水に溶かし、さらに煮詰めて塩を精製すること。能の演目『融』は、荒廃したかつての河原院跡に、源融の霊が現われ、月光に照らされながら華麗な遊楽に乗って舞う。夜明けとともに、名残惜しい面影を残して、再び月の都へ戻っていくという話である。

また、融の風流の跡を慕って、その死後も、**14**紀貫之《きのつらゆき》（144ページ）や凡河内躬恒《おおしこうちのみつね》（**歌**

㉙心《こころ》あてにお《（を）》らばやお《（を）》らむ初霜《はつしも》のを《（お）》きまどはせるしらぎくの花《はな》）らの歌人が河原院跡を訪ねた。

さらに、河原院造営より一〇〇年後の廃園に融の曾孫安法《あんぼう》法師が住んでいるところへ、歌友で清少納言の父の清原元輔《きよはらのもとすけ》（歌㊷契《ちぎり》きなかたみに袖《そで》をしぼりつゝ末《すゑ》の松山《まつやま》なみこさじとは）や、源重之《しげゆき》（歌㊽風《かぜ》をいたみ岩《いは》うつ波《なみ》のを《（お）》のれのみくだけてものをおもふ比《ころ》かな）、大中臣能宣《おおなかとみのよしのぶ》（歌㊾みかきもり衛士《ゑじ》の焼火《たくひ》の夜《よる》はもえ昼《ひる》は消《きえ》つゝ物《もの》をこそおもへ）らが集い、恵慶《えぎょう》法師も加わった。「荒れたる宿に秋来る」という題が出て歌会になり、恵慶法師が、歌（歌㊼やへ葎《むぐら》しげれる宿《やど》のさびしきに人《ひと》こそ見《み》えねあきは来《き》にけり）を詠み、皆からほめられた。

さびれた河原院は風流人のたまり場になっていた。主がとっくにこの世を去っても、風流への果てしない思いは、庭になおとどまっていたのだろうか。今から一〇〇〇年前というと大正時代である。大正時代から一〇〇〇年後の現在に歌人が集って、風流な歌を詠んだと考えるとおもしろい。

渉成園や宇治平等院、清涼寺《せいりょうじ》でこの歌を口ずさむと、はるか昔を思い描くことができるのが、百人一首の別の楽しみであるような気がする。

さらに、河原左大臣・源融の歌が、次で紹介する8在原業平ゆかりの『伊勢物語』初段の描写の説明に使われている（本書112ページ）。一つの歌が違う題材で人を介してつながりあっているのは実に興味深い。

源融の名前を冠した大津市伊香立《いかだち》の融神社と、福島県の信夫文知摺《しのぶもちずり》公園の文知摺石、百人一首歌碑および源融と虎女《とらじょ》の墓を紹介する。

融神社〔大津市伊香立南庄町一八四五〕

大津市伊香立に源融の荘園があったことから、源融とその母・大原全子《おおはらのぜんし》を祀る融神社がある。県道四七号を伊香立小学校から南へ一・五キロほど行くと赤い宮前橋がある。橋を渡ると右手に神社がある。参道手前の説明板の最後に「後の世に紫式部は光源氏の名で源融公をモデルとして『源氏物語』を作ったのである」と書かれていた。

神社の創建は寛平年間(八八九〜八九八)とされる。源融が現在の社地に世俗を逃れて心静かに暮らす住まいを設け、そこに一面の鏡を埋めた。その後、伊香立の荘官がこの鏡を掘り出して神璽《しんじ》とし、源融を祭神として祀ったのが始まりという。

第五二代嵯峨天皇は三〇人以上の妃に五〇人

融神社

融神社本殿

以上の子を作ったため、その生活費も財政圧迫の原因となり、皇族を減らすために源などの姓を与えて臣籍降下させた。嵯峨天皇の十二男（十八男とも）の融は、源氏の姓を受けて臣下にくだった（源氏の成立）。嵯峨天皇の子で源姓を賜った者とその子孫を嵯峨源氏という。

神社は幾度か焼失にあったが、寛政九年（一七九七）に社殿と末社などが再造営され現在に至る。長い参道を徐々に上っていくと本殿がある。いつ訪れても神社の参道は気持ちよく誘われているような気分にさせてくれる。

信《しの》夫《ぶ》文《も》知《ち》摺《ずり》公園（福島県福島市山口字寺前）

『おくのほそ道』の取材のために、車で全行程を旅したことがあった。
福島県の信夫文知摺公園案内図の前に松尾芭蕉像があり、訪れた者を一番に迎えてくれる。元禄二年（一六八九）芭蕉が弟子の曽良《そら》とともに文知摺を訪ね、「早苗とる手もとや昔しのぶ摺り」を『おくのほそ道』に残したからである。像は芭蕉が『おくのほそ道』に出発してから三〇〇年記念の平成元年（一九八九）に建てられた。公園は広く、文

知摺石の前に芭蕉句碑、その後ろには文知摺石（鏡石）、正岡子規の句碑、源融の歌碑、虎女と源融の墓と続く

文知摺石

文知摺石には次のような伝説があり、「鏡石」とも呼ばれる。嵯峨天皇の皇子で、河原左大臣こと中納言源融が按察使《あぜち》（令外官の一つで地方行政の監督官）として陸奥国に出向いていたが、ある日、文知摺石を訪ねて信夫の里にやってきた。源融は村長の家に泊まり、美しく気立てのやさしい娘・虎女を見初めた。融の逗留《とうりゅう》は一ヶ月余りにも及び、いつしか二人は愛し合うようになっていた。しかし、融のもとへ都に帰るよう文が届き、幸せな日々に区切りをつけることになる。別れを悲しむ虎女に融は再会を約束し、都に旅立った。残された虎女は、融恋しさのあまり文知摺石を麦草で磨き、ついに融の面影を鏡のようにこの石に映し出すことができた。しかし、このとき既に虎女は精魂尽き果てており、融との再会を果たすことなく、死んでしまった。源融は

文字摺石

二度と虎女と会うことはなかったが、次の歌を『古今和歌集』（小沢正夫・松田成穂校注・訳、新編日本古典文学全集11『古今和歌集』小学館、一九九四）七二四に残した。

陸奥《みちのく》のしのぶもぢずり誰《たれ》ゆゑに乱れむと思ふ我《われ》ならなくに

『伊勢物語』（秋山虔校注、新日本古典文学大系17『竹取物語　伊勢物語』岩波書店、一九九七）や『小倉百人一首』では、下の句が「みだれそめにし我ならなくに」と改められている。また、源融は実際には陸奥国に赴任しない「遙任《ようにん》」だったともいわれる。

文知摺石は、説明書に「元禄九年（一六九六）の桃隣《とうりん》編『陸奥鵆《むつちどり》』に『長さ一丈五寸（約三一五センチ）、幅七尺余（約二一〇センチ）』の大きさとあるが、その後次第に埋まり、明治になると地上からわずかに頭を出すまで（高さ一尺、縦五尺、横三尺）になったという。信夫郡長の柴山景綱がこれを掘りおこし、今日の姿にしている」とあった。明治の心ある人の働きによって、現在に残ったことがわかる。

周りが石の柵で囲まれ、実際には「文字摺」できないようになっているが、まだらの白い石や小石がひっついているようにも見え、これに布を当てて、上からこすったのかと想像する。

源融の歌碑

河原左大臣　陸奥《みちのく》の忍《しの》ぶ　毛《も》知《ち》摺《ずり》誰《たれ》故《ゆゑ》迹《に》　乱連《みだれ》
初尓《そめに》し　我那《われな》らなく耳《に》

芭蕉の句碑の左段の上に、源融の歌碑がある。百人一首で知られると書かれ、歌碑は村民の協力を得て明治八年（一八七五）に建立され、書を頼まれたのは仙台の書家松窓であると説明されていた。明治八年といえば、地域の人々に気持ちのゆとりが少し出た頃だったのだろうか。

源融と虎女の墓

公園の一番奥、放生《ほうじょう》池の隣に源融と虎女の墓がある。右横に建てられた説明板には次のように書かれている。

虎女と源融の墓

信夫文知摺公園の歌碑「陸奥の」

　三十三年に一度の御開扉大法会を記念し、京都嵯峨清凉寺より河原左大臣正一位源融公の御分骨をお迎え申し上げ、併せ境外の虎女の墓を改装移転し（後略）

昭和五八年（一九八三）四月に建てられた。これでようやく虎女の願いがかなえられ、二人が一緒になれた。よくぞ思いつかれて、京都から骨を運んで建立されたものだ。

8

歌⑰　在原業平朝臣《ありわらのなりひらのあそん》

ちはやぶる神代《かみよ》もきかず竜田川《たつたがは》からくれなゐに水《みづ》くゞるとは

歌意　（人の世にあってはもちろんのこと）、不思議なことのあった神代にも聞いたことがない。竜田川にまっ赤な色に紅葉がちりばめ、その下を水がくぐって流れるということは。

出典　『古今和歌集』秋

きまり字　「ちは」の二字

作者　八二五〜八八〇。六歌仙、三十六歌仙の一人。二つの歌仙に選ばれているのは、在原業平と**4**小野小町（74ページ）、僧正遍昭の三人だけである。第五一代平城《へいぜい》天皇皇子阿保《あぼ》親王と桓武天皇皇女伊登《いと》内親王の第五子。異母兄の在原行平《ゆきひら》（中納言行平、**歌⑯**立別《たちわか》れいなばの山《やま》の嶺《みね》におふるまつとしきかば今《いま》かへりこむ）とともに在原姓を賜り臣籍降下し、「在五中将」「在中将」などと呼ばれる。色好みの美男の代名詞にもなっている。

『古今集』の詞書《ことばがき》には、「二条の后《きさき》の春宮《とうぐう》のみやす所と申しける時に、御屏風《びやうぶ》に立田川に紅葉流れたるかたをかけりけるを題にてよめる」と記してあり（中略）周知のとおり、二条の后が入内《じゅだい》される前、業平との間には熱烈な恋愛関係があった。入内された後までも、業平は后のことを忘れることが出来なかったらしいから、題詠にことよせて、自分の情熱を水くぐる紅葉の紅いにたとえたのかも知れない。（中略）古今の序には、業平の歌風を評して、「その心あまりて言葉足らず。いはばしぼめる花の色なくて、匂《にほ》ひ残れるが如《ごと》し」と述べている。紀貫之《きのつらゆき》の評は辛《から》いが、業平の魅力は正にそういう所にある。そのあまった心が、長い詞書を生み、やがて『伊勢物語』の母体ともなった。（白洲正子『私の百人一首』）

『古今和歌集』の詞書にある「二条の后」とは藤原高子《ふじわらのこうし／たかいこ》、「春宮」とは皇太子、のちの清和天皇のことで、口語訳すると「藤原高子がまだ東宮の御息所と申し上げられていた時に、屏風の絵に龍田川に紅葉が流れているのが描いてあったのを主題にして詠んだ歌」となる（小沢正夫・松田成穂校注・訳、新編日本古典文学全集11『古今和歌集』小学館、一九九四）。立田川は竜田川、龍田川とも表記される。

藤原一族は、その姫高子を皇太子の妃にしようとひそかに計画をしていた。しかし、宮中に入る前に、業平と高子は恋仲であった。『伊勢物語』（平安時代中期の歌物語。作者、成立年不詳）の主人公は在原業平がモデルではないかといわれている。『伊勢物語』第六段に、主人公が高貴な女性と駆け落ちを試みて、失敗するという話がある。相手の女性の名前ははっきりと記されていないが、藤原高子だというのが昔からの定説であるので、「伊勢物語の母体ともなった」と正子は解説している。

また、『古今和歌集』仮名序を口語訳すると、「在原業平の歌は、情熱がありすぎて表現に不十分であります。しぼんだ花の色艶《つや》が失せて、まだ芳香が残っているといった感じであります」となる（前掲書）。言い換えれば、自分の詩情がほとばしり出るほどたっぷりとあるのに、かえって詩情に押されて言葉が出てこない感じである。

さらに、『伊勢物語』第一段で心乱れる様子を歌う際に、前項7 源融《みなもとのとおる》の「陸奥《みちのく》の」（101ページ）を使っている。つまり、男は信夫文知摺《しのぶもちずり》の狩衣《かりぎぬ》の裾《すそ》を切ってそこに歌を書いて贈った。その心はと、「陸奥の」の歌を記し、「といふ歌の心ばへなり（という歌の趣によったのである）」と説明している。『小倉百人一首』に撰ばれた歌を『伊勢物語』の最初の段に使っているのもなんともおもしろく感じられる。

また、『伊勢物語』一〇六段に「むかし、男、親王《みこ》たちの逍遥《せうえう》したまふ所にまうでて、龍田河のほとりにて（昔、男が親王《みこ》方が逍遥《しょうよう》しておいでになるところに参上して、龍田河のそばでこう詠んだ）」（福井貞助校注、新編日本古典文学全集12『竹取物語　伊勢物語　大和物語　平中物語』小学館、一九九四）の次に、この歌「ちはやぶる」が載っている。

業平の「ちはやぶる」の歌は最近では競技かるたをテーマにした末次由紀さんの漫画や映画で大ブレークしている。「ちはやふる」との表記が使われているが、文法的にはどちらも間違っていない。京阪電鉄の漫画「ちはやふる」ラッピング電車については280ページ参照。

ゆかりの地・墓

高島市に「伝説　在原業平の墓」がある。

伝説　在原業平の墓（高島市マキノ町在原）

国道一六一号から県道二八七号に入る。四・三キロほど進むと白谷のバス停がある。そこを北へ向かい、五キロほど行くと在原の集落が見えてくる。集落を越えて五〇〇メートルほど行くと、「伝説　在原業平の墓」という案内板が目に入る。案内板に従って一〇〇メートルほど入り、突き当たりを左に曲がると、二〇メートルほど先に同じ案内板が立っている。ここから山道を三〇メートルほど上って行くと、大きな杉の木があり、石塔

案内板

伝説　在原業平の墓

（七三センチ×二五センチ）が見える。プレーボーイでならした業平が晩年こんなところに住んでいて、墓があるのかと思うと、少し見方が変わるような気がする。鳥の鳴き声が響き、森林浴が満喫できる。

マキノ町在原の集落に沿って竜田川が流れている。この川の名前も業平にゆかりがあるのだろうか。竜田川と書かれた標識などのところで撮影したいと探したが、残念ながら見つけることができなかった。

9 歌㉒ 文屋康秀《ふんやのやすひで》

吹《ふく》からに秋《あき》の草木《くさき》のしほるればむべ山風《やまかぜ》をあらしと云《いふ》らむ

歌意 吹くとたちまちに、秋の草木がしおれてしまうので、いかにも、山から吹きおろす風のことを、荒い風といっているのであろう。

出典 『古今和歌集』秋

きまり字 「ふ」の一字

作者 生没年不詳。縫殿助《ぬいどのすけ》文屋宗干《むねゆき》の子。縫殿助とは、官位の名称で宮中の衣服製造などに携わった。刑部中判事《ぎょうぶのちゅうはんじ》、三河掾《みかわのじょう》(「掾」とは判官に相当)、山城大掾《やましろのだいじょう》、縫殿助などを歴任する。六歌仙の一人。身分は高くなかったが、8在原業平の歌の詞書にある「春宮のみやす所」時代の二条の后《きさき》高子《たかいこ》に召され、業平、素性法師《そせいほうし》(歌㉑今《いま》こむといひしばかりに長月《ながつき》の有明《ありあけ》の月《つき》をまちいでつるかな)らと歌を献じた。三河掾として三河(現在の愛知県東部)に下ったとき、4小野小町を誘ったことが知られる。

平安初期の人で、六歌仙の一人に入っている。古今の序には、「ふんやの康秀は、詞《ことば》たくみにて、其《そ》のさま身におはず。いはば、あき人(商人)のよききぬ着たらむが如《ごと》し」と評している。紀貫之の詞は辛辣《しんらつ》だが、この歌にもそういう感じがなくもない。

(白洲正子『私の百人一首』)

『古今和歌集』仮名序の口語訳は「文屋康秀は、言葉の使い方は巧みでありますが、歌の姿が内容にぴたりとしていません。いってみれば、商人が立派な衣装を身にまとったようなものです」となる(小沢正夫・松田成穂校注・訳、新編日本古典文学全集11『古今和歌集』小学館、一九九四)。六歌仙の一人に撰ばれているのだから、そうとばかりはいえないような気はする。こういう歌が百人一首に撰ばれているので、第一章の「撰歌の疑問」で述べたような見解が出てくるのかもしれない。息子10文屋朝康の**歌**㊲と一つの碑になっているものを、120ページで紹介する。

10　歌㊲　文屋朝康《ふんやのあさやす》

白露《しらつゆ》に風《かぜ》のふきしく秋《あき》の、はつらぬきとめぬ玉《たま》ぞちりける

歌意　草の葉の上にいっぱいたまっている白露に、風が吹きしきる秋の野は、ちょうど緒に貫きとめてない玉がはらはらと散り乱れるようで、いかにも美しい光景だことよ。

出典　『後撰和歌集』秋

きまり字　「しら」の二字

作者　生没年不詳。**9歌㉒**の文屋康秀の子。駿河掾《するがのじょう》、大舎人大充《おおとねりだいじょう》を務めたことのほか、経歴はよくわかっていない。

先に記した文屋康秀の子息である。やはり伝記は未詳で、下級もしくは中流貴族の中に、歌人が多く生まれたことを示している。（中略）野分《のわき》の朝《あした》であろう。秋の野に白露が一面に散っている景色に、緒に通してある玉がはらはらとちらばる様を想像した。枕詞《まくらことば》も掛詞も使ってはいないが、下の句の「つらぬきとめぬ」という言葉

に、当時の人々は斬新《ざんしん》な発想を見たであろう。(中略)前述の「吹くからに秋の草木のしをるればむべ山風をあらしといふらむ」の歌は、父の康秀ではなく、朝康の作という説があることは記したが、発想に奇智《きち》のひらめきがあり、その為《ため》に歌の姿が小さくなるところもよく似ている。が、かるたをとる場合には、両方ともとりやすい札で、おそらく同じ作者の歌に違いない。そういうことは、上の空で読んでいても、いや、上の空でいた方が、自然に感じとれるものである。（白洲正子『私の百人一首』）

正子の「感触」がここでは、「上《うわ》の空《そら》」で詠んでいるから、同じ作者と感じとれるという。なるほど、なるほどである。耳から聞くしらべを大事にすることが、歌を味わう原点であることを忘れないようにしたい。

ゆかりの地・歌碑

東近江市の押立神社にはこの二つの歌が一つの石に彫られている。

押立《おしたて》神社〔東近江市北菩提寺町三五六〕

押立神社は、県道二一三号と二一八号の交差点「押立神社北」から南へ八〇㍍《メートル》ほどの田園の中にある押立郷の総氏神で、「大宮さん」の名で親しまれている。祭神の火産霊《ほむすびの》

押立神社の大門

押立神社の拝殿

神《かみ》（火の神）は太古より押立山三瀬嶽に鎮座され、そこへ神護景雲元年（七六七）加賀国白山神社から伊邪那美命《いざなみのみこと》（国産みの女神）が客神としていらした。最初は押立山に神社はあったが、下一色の文屋康兼の邸地に移り、さらに天元元年（九七八）現在地に社殿を造営した。

本殿は、三間社流《さんけんしゃながれ》造り檜皮葺《ひわだぶ》き、現存する棟札銘により応安六年（一三七三）の造営とされている。大門は、延文二年（一三五七）の建立で、入母屋《いりもや》造り檜皮葺きの規模の大きい四脚門である。ともに重要文化財として国の指定を受けている。通常、本殿は拝殿よりも高く建てられているが、この本殿は拝殿と同じ高さであり、珍しい形態であることで知られている。

『近江輿地志略《よちしりゃく》』（２４０ページ）には、神主は文屋綿麻呂《ふんやのわたまろ》（七六五～八二三）以来世襲しているとある。文室綿麻呂は、坂上田村麻呂に続き、弘仁二年（八一一）蝦夷の反乱時に征夷大将軍となって平定した人物である。

現在の第四四代宮司文室《ぶんや》久明さんによると、今は「ぶんや」に「文室」の字を使うが、以前には「文屋」の字も使っていたという。

宝物殿には棟札銘や第六四代円融天皇の社号額、明治二四年（一八九一）有栖川宮幟仁親王の社号額「押立神社」がある。皇室とかかわりの深い神社であることがわかる。

文屋康秀一族の神社ということで、次の歌碑が建てられた。

文屋康秀と朝康の歌碑

文屋康秀　ふ久《く》からニ秋能《の》　草木のし越《を》るれハ　むべ山風をあらし　といふらむ

文屋朝康　白露に風の吹支《き》し久《く》　秋の野《の》者《は》のつらぬき　と免《め》ぬ玉ぞ散　ける

平成一一年（一九九九）に小野篁神社の6小野篁の歌碑、平成一二年に26慈円《じえん》の歌碑が、「文化功労者・芸術院会員、日比野光鳳書　和歌山県近藤清一氏寄贈」によって建てられたことは97ページで述べた。平成一四年（二〇〇二）、文屋親子の碑（一五〇×二三〇センチ、徳島産緑泥片岩）は押立神社の鳥居より外側の湖東第二小学校の横に建てられた。夜中にとても長いトレーラーで台座と碑の二つの石を運び、設置用のクレーン車も来たそうだ。

鳥居から中に入ると両側に灯籠が並んでいる。その端から灯籠の窓をのぞくと、ずっと一直線に見通すことができる。灯籠は明治二四年（一八九一）に建てられたもので、明治の石工のすぐれた技術が感じられると宮司さんの説明があった。

押立神社の灯籠

押立神社の歌碑「ふ久から二」「白露に」

11

歌㉔　菅家《かんけ》（菅原道真《すがわらのみちざね》）

此《この》たびはぬさもとりあへず手向山紅葉《たむけやまもみぢ》のにしきかみのまにく

歌意　このたびの旅は、まったくにわかのことで、幣をささげることもできません。とりあえずはこの手向山の美しい紅葉を幣として、神よ、御心のままにお受けください。

出典　『古今和歌集』羇旅

きまり字　「この」の二字

作者　八四五～九〇三。従三位《じゅさんみ》参議文章博士《もんじょうはかせ》是善《これよし》の子。漢詩文、和歌も上手だったが、宇多天皇の信任を得て、醍醐天皇のとき右大臣に任命される。その後、時の左大臣藤原時平《ときひら》によるいつわりの告発により、太宰権帥《だざいのごんのそち》として九州太宰府へ左遷され、五九歳で亡くなった。その数年後、時平は早死にしたため、道真の祟《たた》りと噂された。天満天神として信仰され、学問の神様として祀られている。

「朱雀院《すざくいん》（宇多上皇《うだ》）のならにおはしましたりける時に、たむけ山にてよみける」と『古今集』詞書《ことばがき》にあり、手向山は、奈良の東山にある東大寺の鎮守社である。この歌についても様々の説があるが、行幸に際して、文字どおり「とりあへず」詠んだ即興の歌であろう。（中略）時に道真は五十四歳、右大臣に昇格する前年のことである。それから三年後に、彼は太宰府《だざいふ》へ左遷《させん》されたが、この時はいわば得意の絶頂にあり、そういう喜びが言外に現れている。

（白洲正子『私の百人一首』）

人生のどの時期で、どんな情況のときに詠んだかは、歌を理解する上で大切なことだろう。若いときから聡明で学術に長け、三五歳にして最高の権威・文章博士となり、五四歳で右大臣にまで出世する。非常に強い影響力を持ち、寛平六年（八九四）には遣唐使の大使に任命されたが、道真自身の意見によって中止された（95ページ）。延喜元年（九〇一）藤原時平に太宰府へ行かされ、三年後、その地で亡くなった。学問・書・詩文にすぐれ、尊敬の意味を込めて「菅家」「菅公」と称され、後世、天満天神として祀られる。天満天神など菅原道真にまつわる地は全国にある。

また、『小倉百人一首』で「菅家」と尊称の「家」が使われているのは、菅原道真だけである。もう一つの尊称の「公」が使われているのは、貞信公《ていしんこう》（**歌㉖**をぐら山峰《やまみね》の紅葉《もみぢ》ば心《こころ》あらば今《いま》ひとたびのみゆきまたなん）と謙徳公《けんとく》（**歌㊺**哀《あはれ》ともいふべき人《ひと》はおもほえでみのいたづらになりぬべき哉《かな》）の二人である。貞信公は藤原忠平で、謙徳公は藤原伊尹《これただ／これまさ》のことで忠平の孫にあたる。どちらも死後に贈られた称号である。

ゆかりの地・歌碑など

滋賀県の統計によると県内の神社は一四九四社（滋賀県総務課資料、平成三〇年一二月三一日現在）ある。またそのうち滋賀県神社庁に属している神社が一四三三ある。神社庁の神社のうち、菅原道真公を祭神とする神社は、なんと一〇七もある。本書では菅原道真が養育されたとされる菅山寺《かんざんじ》、天皇の代参中に道真が滞在したという縁で祭神となった大野神社および歌碑のある大田神社を紹介する。

菅山寺〔長浜市余呉町坂口字大箕山〕

天平宝字《てんぴょうほうじ》八年（七六四）、孝謙《こうけん》天皇の命により照檀《しょうだん》上人が創建。当初は龍頭山大箕《だいき》寺とした。里坊弘善館でいただいた資料には、次のように書かれている。

この菅山寺の西方眼下には、鏡の如く澄んだ余呉湖が、四季の色どりに映えている。この湖辺の川並村に、桐畠の大夫是清の子として陰陽丸（後の菅原道真）が誕生された。この童子、すくすく成長される中、極めて非凡天才のため、八五〇年（嘉《か》祥《しょう》三年）六歳の時、菅山寺の信寂坊の阿耆利尊元和尚の弟子となって入門し、道真を賜った。時に都には、菅原是善なる公卿があり、文章博士等官界に比類なき存在であったが、後継に頭を悩ました。ある夜霊告を受け、江州大箕寺に天才童子のいることを知り、急ぎ来山して養子となるよう懇願した道真は菅原家に入って、菅原道真となった。

つまり、道真は余呉湖辺の川並村に生まれ、六歳から一一歳まで菅山寺で学んで、頭角を表し、菅原家の養子となったというわけである。

寛平元年（八八九）道真が四五歳のとき、宇多天皇の勅使として入山、三院四九坊の寺院に復興、名も菅原の一字を採り大箕山菅山寺と改められたと伝えられる。

寺の経蔵には、日本唯一といわれる『宋版一切経』七千余巻が納められていたが、慶長一八年（一六一三）徳川家康の強い要望によって、江戸の芝の増上寺へ譲り渡した。その代償として五〇石の寺領と周辺の広大な山林を賜った。

明治以降は衰退し、無住となったが、大正元年（一九一二）に保存会が組織され、残る堂宇の改修と保存がなされている。菅山寺の本堂と近江天満宮は山上にあり、坂口の里から徒歩で六〇分ほどかかる。今回の取材では別ルートで行った。「ウッディパル余呉」

の駐車場奥から車で一〇分ほど上っていくと、舗装道路の終点の駐車場に着く。菅山寺までの道案内図が掲示されており、そこから徒歩で送電線の鉄塔の方に向かう。三〇〇メートルほどで標高四五九メートルの小ピークに至り、そこからはブナの原生林の中、下り道になる。

菅公お手植えのケヤキ

山門の大ケヤキまでは歩き始めて一五分ほどで着く。ケヤキは簡素な山門のすぐ前方、旧参道の両脇に立っている。菅原道真が四四歳のとき自らの手で植えたと伝わっている。以前参拝したときは、岩のかたまりと見間違うようなごつごつした姿であった。今回の取材時、平成二九年（二〇一七）十月には、九月の台風によって、山門に向かって右のケヤキが折れていた。ケヤキは二本合わせて滋賀県の自然記念物に指定されている。二本のケヤキは高さ、幹回りいずれも一〇メートルほど。一本が虫食いなどの影響で、弱っていたところに強風を受け、折れたとみられるという。もう一本に異常はない。樹齢は約一〇〇〇年とされるケヤキの倒木

菅山寺の道真公お手植えのケヤキ

を目の当たりにした。唐崎神社の松の伐採といい、このケヤキといい、印象に残る取材であった。

近江天満宮（菅原神社）

山門をくぐって右手に道をとると、鐘堂、本堂を経て、朱雀池、五所権現と続き、近江天満宮へ至る。祭神が菅原道真公で、神紋が梅鉢。明治初年に菅山寺より分離され、菅公幼時修学の地として信仰を集めている。こちらも以前は何ともなかったのに、手前の拝殿の屋根はめくれあがり、後ろの本殿の屋根は一部くずれ落ちていた。早急に手を入れなくては存続があやういように感じられた。

近江天満宮（菅原神社）

里坊弘善館（長浜市余呉町坂口）（要予約・奥びわ湖観光協会）

余呉町坂口のバス停から二〇〇㍍《メートル》ほど上った参道入口近くに里坊弘善館があり、勉学時の「菅公十一歳ノ像」や十一面観音立像など、ゆかりの品と菅山寺宝物資料を展示している。以前訪問したときは畳敷であった。最近改装されて、コンクリートの土間の周りが展示棚になり、資料は多くなっている。毎年、秋の大祭が終わると、菅山寺の本堂を雪から守るため一一月二三日に雪よけを設置されるとのことで、このように守り続けてこられたからこそ、今の寺の姿を保っていることを実感した。

梵鐘

弘善館に入ってすぐに、建治三年（一二七七）大工丹《たん》治《じ》国則《くにのり》作の重要文化財の梵鐘が迎えてくれる。刻まれた銘文（漢文）によると、道真公が寺院を建立し当山に不動明王を安置したという。山の上の菅山寺の鐘楼から業者に頼んで下ろしてもらったそうだが、たとえ業者といえども、鐘楼までの徒歩の道のりを思うと、大変だったことだろう。

菅公十一歳ノ像

道真が一一歳のときの像（高さ五二センチ）は、以前は菅山寺の本堂左上の護摩堂に納められていたが、現在は

里坊弘善館の梵鐘

里坊弘善館の「菅公十一歳ノ像」

弘善館で見ることができる。右手に筆を持ち、左手には梅の枝を持っている。

菊水飴本舗〔長浜市余呉町坂口五七六〕

里坊弘善館の入口左の掲示板に「創業380年の余呉・菊水飴本舗」の新聞記事が貼られていた。坂を下りてすぐの道を左に行くと、ガラス戸の店がある。菊水飴は水飴なので、箸で巻き取って試食させてくださる。添加物は一切使用せず、湯に溶かしたサツマイモなどの穀類でんぷんを鍋で煮詰めた、自然本来のやさしい甘みが口に広がる。江戸時代初期の創業で、参勤交代やお伊勢参りなどの途中口にし、土産にしたとも伝わる。昨今はパッケージにも工夫され、プラスチックの周りを昔ながらのスギ材で囲んだ容器も開発された。ここにも、守り続けていこうとする心意気を感じた。

菊水飴

大野神社〈栗東市荒張八九六〉

大野神社は現在の本殿の右横に祀られる「水分社《みくまりしゃ》」(水の神・龍神)がもともとの信仰の対象であった。竜王山の頂上のすぐ横に山の神「水分社」があり、その分霊《わけみたま》としてこの里に祀られた。山の神の信仰が里の信仰へと推移していったということだろう。社伝によると、金勝寺《こんしょうじ》に天皇から派遣される勅使として当地を訪れた菅原道真が、大野神社の境内に滞在した。神社は金勝山から湖側に広がる谷筋の、西側に延びる尾根の先端近くに位置する。江戸時代の絵図によると、金勝寺に至る道は西参道と東参道の二筋ある。西参道は、大野神社から入り、走井から不動谷を経由して金勝寺へ至る。大野神社を出発し、金勝寺へと向かったというわけである。

菅原道真は藤原時平により太宰府へ流され亡くなる。その後、後醍醐天皇が亡くなるなど、世の中によくないことが多く起こり、世間では道真のたたりであると恐れおののかれ、天神信仰が盛んになった。天暦元年(九四七)に京都の北野天満宮が建てられ、一三年後、北野天満宮から分霊し、主祭神を菅原道真として於野宮天満宮《おのみやてんまんぐう》が創建された。これが今日の大野神社であり、鳥居から楼門、拝殿、本殿まで天満宮としての建造物で、階段状に徐々に上っていく本来の社殿の形式を有している。入母屋《いりもや》造りの楼門(重要文化財)は鎌倉時代初期の建築で、滋賀県最古とされる。平成二九年(二〇一七)には拝殿の改修工事が信者の協力のもと行われた。

神社名が歌手グループ「嵐」のメンバーの大野智《さとし》さんと同じ「大野」で、禰宜《ねぎ》の「大宮聰《さとし》」さんは同じ「さとし」、また、名字が大野智さんと二宮和也さんのユニット「大宮ＳＫ」とも一致ということで、全国から若いファンもお参りに来ている。拙書『近江のかくれ里―白洲正子の世界を旅する―』でもお世話になった。取材当日も名古屋から何度も参拝されている方や、大阪からの女性二人が、「草津線手原駅からバスで来て、帰りのバスの本数が少ないので待っています」と語ってくれた。観光バスでもしばしば立ち寄られるそうである。

大野神社の本殿

大田神社〔高島市新旭町大田一四六八〕

大田神社は、ＪＲ湖西線新旭駅の南東約三キロ、駅から東へ出て新旭交差点を右折（南へ)、国道一六一号を一キロほど南下、南小学校の信号を左折(東へ)、一・五キロほど東へ進んだ道路の北側に参道入口がある。

社伝によると、延暦年間(八世紀後半)、大伴大田宿禰《すくね》の子孫である大伴福美麿《ふみまろ》らが、当地に来て開拓し、祖先の名を地名とし、弘仁元年(八一〇)、祖神の天押日命《あめのおしひのみこと》を祀ったのが開基。応永三一年(一四二四)、京都北野天満宮の管理者である曼殊院法親王の令旨《りょうじ》によって、菅原道真の分霊を移し、天満天神宮、天満宮と称するようになったという。明治元年(一八六八)に延喜式内社の確定により「大田神社」と旧称に戻した。明治一四年(一八八一)奉納のガラス灯にも天満宮と記されており、一般には天満宮であったことがわかる。社殿の屋根には、菅山寺の近江天満宮や大野神社と同じ梅の紋が見える。かつて、天満宮と呼ばれていた名残が感じられる。

菅原道真の歌碑

菅公御作　海奈《な》ら婆《ば》多《た》ゝへ流《る》　ミ□《ず》能《の》楚《そ》こ末《ま》傳《で》も　き与《よ》幾《き》古《こ》ゝ路《ろ》盤《は》　月《つき》ぞ帝《て》らさ
舞《む》　子爵菅原朝臣長吉拝書　菅公御鎮座五百年祭記念　大正十二年四月南桜中

歌意　海どころではなく、さらに深く清水を湛えた水輪の底、それ程までに清く澄み徹って、しかも人のうかがい知るべくもない心底は、ただこの明月だけが照らすであろう。

(雑　一六九九)

出典　田中裕・赤瀬信吾校注、新日本古典文学大系11『新古今和歌集』岩波書店、一九九二

本殿に向かって拝殿の右横に歌碑（一三〇×一四五チセン）がある。判読がむずかしいが、大正一二年（一九二三）に菅原道真の分霊を北野天満宮から移してから五〇〇年にあたる年に、子孫の菅原長吉が書いた字をもとに建てたことが読み取れる。かなり大きく、風格が感じられる。

幸いなことに、平成一四年（二〇〇二）の一一〇〇年祭のときに、大正一二年に建立された歌碑の元字が表装され、社務所の床の間に飾ってあった。変体仮名で書いてあるので判読しにくい。

大田神社の歌碑「海奈ら婆」

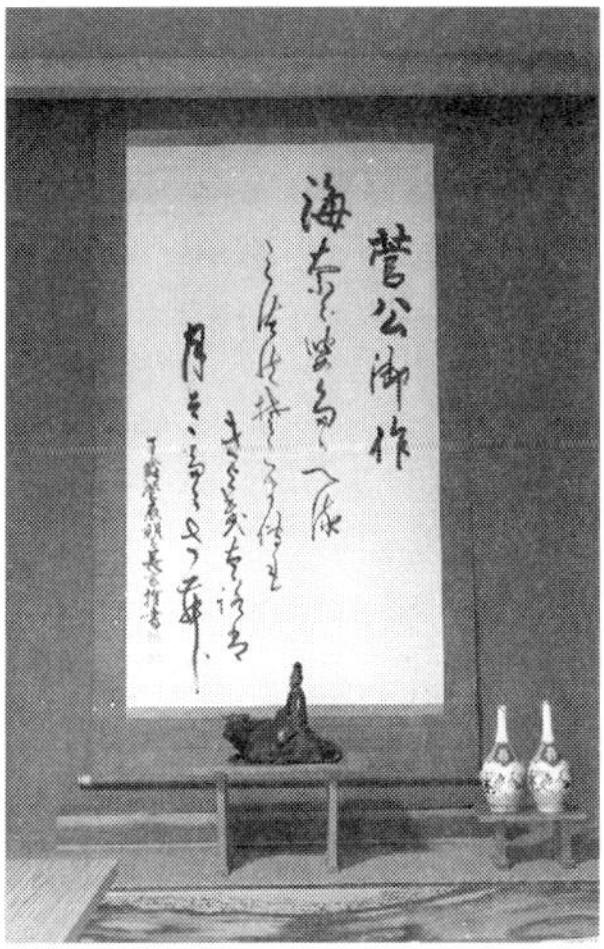

大田神社社務所内の歌碑元字

12

歌㉕　三条右大臣《さんじょうのうだいじん》（藤原定方《さだかた》）

名《な》にしおはゞ相坂山《あふさかやま》のさねかづら人《ひと》にしられでくるよしもがな

歌意　「あふ坂山のさねかづら」といって、逢って寝るという名をもっているならば、その「さねかづら」を繰るように、誰にも知られずに来る（行く）方法があればよいがなあ。

出典　『後撰和歌集』恋

きまり字　「なにし」の三字

作者　八七三〜九三二。内大臣藤原高藤《たかふじ》の子。京都の三条に邸宅があったことから、三条右大臣と呼ばれた。歌人たちのパトロン的な役割も果たしたようだ。中納言朝忠《あさただ》（**歌㊹**逢事《あふこと》のたえてしなくは中く《なかなか》に人《ひと》をも身《み》をもうらみざらまし）は定方の子。中納言兼輔《かねすけ》（**歌㉗**みかのはらわきてながるゝ泉河《いづみがは》いつ見《み》きとてかこひしかるらむ）は従兄弟。

『後撰集《ごせんしゅう》』には、「女につかはしける」とあり、みた所より技巧の勝った作品である。「相坂山」は、あの逢坂山《おうさかやま》で、逢うということに、「さねかづら」のね(寝)をかけ、かずらはからみつくものだから、それをたぐることに、来るをかけている。さねかずらは、葛《くず》のことを指したようで、(中略)やはり男女が逢《あ》うことの枕詞《まくらことば》になっている。(中略)(定方は)和歌と管絃《かげん》に長じており、醍醐《だいご》天皇の宮廷の人気者であった。どちらかといえば、当時は漢詩を上としていたが、和歌を普及することに功績があった。

(白洲正子『私の百人一首』)

「醍醐天皇の宮廷の人気者」「和歌の普及に功績があった」とはどういうことかというと、『今昔物語』巻二二に次のような話がある。

山科に鷹狩りに出た(定方の父である)藤原高藤は若い頃、突然の風雨にあい、やむなく付近の民家に雨宿りした。接待に出たその家の娘と一夜の契りを結び、形見に太刀を置いて去る。ところが、その娘を恋しく思いながら、事情があって逢うことも手紙を送ることもできないまま、六年の月日が流れた。やっと高藤がその家を再訪すると、娘には彼の子である女の子が生まれていた。奇縁に心打たれた高藤は彼女と結婚する。他に妻を持たず生涯仲良く連れ添い、定国と定方が生まれた。その奇縁の家の跡がいまの勧修寺(京都市山科区勧修寺仁王堂町)であるという。

このときの姫君が年頃になったので、高藤は源定省《みなもとのさだみ》という役人と結婚させた。定省は光孝天皇の皇子であるが、その身分を離れ、源の姓を与えられ臣下の籍に降りていたのだ。二人の間には男の子が生まれた。しかし、光孝天皇が亡くなったとき、にわかに運命が変わった。源定省は再び皇族に復帰し、宇多天皇となる。姫君は女御《にょうご》となり、男の子は皇太子になった。高藤は昇進し、娘の生んだ皇太子が即位して、醍醐天皇になると、息子の定方も立身をとげ、右大臣にまでなった。

つまり、いつの間にか定方にとっては、姉の生んだ皇子が即位して、甥が天皇という幸運な立場になったというわけである。醍醐天皇は詩や歌をよむ風流の道に明るく、深い知識を持っている。これを利用しない手はない。定方と従兄弟の中納言兼輔は、紀貫之などの宮廷専門歌人らを守りつつ、みずからも作歌して歌人たちの集いの場を作ったのである。

この歌の背景にこんな話が隠れていると思うと、百人一首の歌の世界がさらに広がる気がする。

ゆかりの地・歌碑など

逢坂山については86ページで説明した。ここでは逢坂の関公園の歌碑とサネカズラを紹介する。

逢坂の関記念公園〔大津市逢坂一丁目〕

逢坂の関は、『源氏物語』の「関屋の巻」でも、石山詣に向かう光源氏と、夫とともに京都へ向かう空蟬《うつせみ》が再会する場面として登場する。逢坂峠は幾度も改修されて低くなっている。現在も幹線道路や鉄道が狭い谷間を並行して走る交通の要衝だが、昔は密林の中のけわしい坂道であったと思われる。峠の上に逢坂山関址碑と常夜灯があり、その隣に公園がある。

藤原定方の歌碑

名に之《し》於《お》はば　逢坂山のさ祢《ね》加《か》ずら　人に之《し》られ
で　くるよ之《し》毛《も》加《か》奈《な》　三条右大臣

向かって左に5蟬丸、真ん中に定方（八〇×五〇チセン）、右に19清少納言の歌が並んでいる。草木が生い茂り、最初三基ともわからず通り過ぎた。あるはずだとよく見る

逢坂の関公園の歌碑「名に之於はば」

逢坂の関記念公園

と探し出せた。説明板もない上に、変体仮名が使われていて、判読しにくいのは実に惜しい気がする。

サネカズラ

逢坂の関公園から京阪電鉄大谷駅へ向かって進むと、うなぎ屋の庭にサネカズラがあった。マツブサ科の常緑つる性低木。初夏に葉のわきに淡黄色の花を開き、秋には美しい紅色の実を多数球状につける。実は漢方生薬ゴミシの代用、茎の粘液は製紙用または鬢《びん》付油の材料。整髪に用いたため、ビナンカズラ（美男葛）ともいう別名がある。

サネカズラ

13 歌㉜ 春道列樹《はるみちのつらき》

山川《やまがは》に風《かぜ》のかけたるしがらみはながれもあへぬ紅葉《もみぢ》なりけり

歌意　山川《やまがは》に風がしかけたしがらみとは、どのようなものかと思っていたら、流れきらないでせきとめるばかりに落ちかかる紅葉であったよ。

出典　『古今和歌集』秋

きまり字　「やまが」の三字

作者　生年不詳～九二〇。新名宿禰《にいなのすくね》の子。漢文学を学ぶ文章生《もんじょうしょう》となり、その後、壱岐守《いきのかみ》に任命されるが赴任前に没したらしい。ほとんど無名の歌人であったが、この一首で歴史に名を残したといわれている。

山あいの渓流に、もみじが淀《よど》んでいる風景は、私達もよく見ることがある。それを「風のかけたるしがらみ」にたとえたのは面白い。しがらみは、川の堰《せき》から転じて、何かをひきとめるもの、人間の絆《きずな》といったようなことにまで及んだが、ここではそんな所まで深読みする必要はない。谷川のしぶきと、紅葉の色の対照が美しく、定家の時代には、新鮮な感覚として持囃《もてはや》されたであろう。『古今集』の詞書《ことばがき》には、「しがの山ごえにてよめる」とだけ記し、京都から大津へ越える山道で、実景を見て詠んだと想像される。近江《おうみ》の人に聞いた話では、古《いにし》えの「志賀の山越え」は逢坂《おうさか》山《やま》からは北よりで、崇福寺のあたりをいったらしい。

（白洲正子『私の百人一首』）

彼の歌は『古今和歌集』に三首、『後撰和歌集』に二首の計五首だけが伝わっている。醍醐天皇の御代（九〇一～九二三）に、壱岐守に任じられたが、延喜二〇年（九二〇）、着任する前に亡くなったといわれる。

「志賀の山越え」とは、平安初期から京都～大津間の間道として利用された「山中越《やまなかごえ》」と考えられる。

ゆかりの地

山中越にある志賀の大仏と、1天智天皇ゆかりの地でもある崇福寺《すうふくじ》跡を紹介する。

志賀の大仏（大津市滋賀里町甲）

京阪電鉄滋賀里駅から比叡山の方に向かって五〇〇㍍ほど行き、西大津バイパスの下をくぐる。さらに三二〇《メートル》ほど上っていくと、右手に百穴《ひゃっけつ》古墳群がある。その先二〇〇《メートル》ほどで志賀の大仏に出会う。大きな花崗岩に阿弥陀如来坐像《あみだにょらいざぞう》（三五〇×二七〇《センチ》）が彫られている。鎌倉時代、一三世紀頃の作で、山中越を往来した人々の安全を祈ったもの。とても優しさにあふれた顔で体部もどっしりとしており、見るものを圧倒する。よくぞ仏様がこのようなところにと、思わず手をあわせたくなる。崇福寺跡から山中町を経て京都の北白川へ抜ける山中越の大津側の入口近くに位置する。

山中越の志賀の大仏

白洲正子は『近江山河抄』（講談社文芸文庫、一九九四）の「大津の京」の項で、次のように述べている。

土地の人は「おぼとけさん」と呼んでいる。おぼとけは、大仏だろうが、「おとぼけさん」といいたくなるような表情で、近江を歩いていると、時々このようなものに出会えるのがたのしい。ふっくらとした彫りが美しく、おつむの後ろに雑草が生えているのも、場所がら有がたい心地がする。

坐像の前のお堂が新築されていた。現在、地元で大仏講がつくられ、大切にお守りされていると説明板にあった。取材時には左上から木漏れ日が差し込み、いい雰囲気だった。

崇福寺跡〔大津市滋賀里町甲〕

崇福寺は、1天智天皇によって大津京遷都の翌年にあたる六六八年にいわゆる大津京の鎮護《ちんご》のために創建された。金堂跡・塔跡などが残り、かなり大きな寺であったと考えられる。平安時代には奈良の東大寺などと並んで「十大寺」の一つに数えられるほど繁栄したとされる。倒壊と再建を繰り返し、室町時代に廃寺になって以降は、文献のみで存在がうかがえる寺となっていた。

崇福寺跡

志賀の大仏から二六〇《メートル》ほど上ると分岐があり、「右崇福寺跡」の表示にしたがってさらに進むと左に崇福寺跡の階段がある。丸太で階段をつけた急坂があり、上り切ると、そこは思いがけないほど平らになっており、礎石が整然と並んでいる。南丘陵の金堂跡には「崇福寺舊址」（一九〇×五〇《センチ》）という碑が建てられている。裏面には滋賀村民が協力して大正四年（一九一五）に大典記念で建立したとある。大正天皇の即位を記念してのことであろう。廃寺となっていたところを、ぜひとも残したいとの村民の思いが伝わってくる。

碑建立後、村民の地道な努力がみのったのであろうか、昭和一四年（一九三九）に崇福寺の塔の心柱の礎石の孔《こう》（あな）から、水晶三粒が納められた舎利容器《しゃりようき》（国宝）が見つかった。何重もの箱の中に濃緑色の瑠璃製小壺《るりせいこつぼ》などが納められていたことで有名になった。

廃寺になっていた大津京鎮護の寺が、ようやくその存在を認められた。山中に広がった空間にたたずむとき、天智天皇・額田王・天武天皇など、その歌とともに大津京の昔がよみがえってくる。天智天皇の娘の持統天皇（**歌②**春《はる》すぎて夏来《なつき》にけらし白妙《しろたへ》のころもほすてふあまのかぐ山《やま》）も訪れたかもしれない。

毎日ここまで登っておられる地元の方が、「北白川へ抜ける道はこっちだよ」と示してくださった。森林浴が満喫できる山中越を歩いておられるそうで、さぞかし健康にはいいことであろう。

「崇福寺舊址」の碑

崇福寺跡の礎石

14 歌㉟ 紀貫之《きのつらゆき》

人《ひと》はいさこゝろもしらず故郷《ふるさと》ははなぞむかしのかに匂《にほ》ひける

歌意 あなたの方は、さあどうだか、お気持も知られないけれど、さすがこの旧都奈良では、花の方だけは、昔のままの香で咲き匂っていますね。

出典 『古今和歌集』春

きまり字 「ひとは」の三字

作者 八六八？～九四六。『古今和歌集』の代表的撰者。紀望行《きのもちゆき》の子。紀友則《きのとものり》（**歌㉝**久堅《ひさかた》のひかりのどけき春《はる》の日《ひ》にしづ心なく花《はな》のちるらむ）の従兄弟。『土佐日記』の作者。三十六歌仙の一人。

醍醐《だいご》天皇に仕え、和歌の道では名高い人物だが、（中略）延喜年間に紀友則、凡河内躬恒《おおしこうちのみつね》、壬生忠岑《みぶのただみね》等とともに、『古今和歌集』二十巻を編纂《へんさん》し、みずからその序文を執筆した。老年に至って、土佐守《とさのかみ》に任ぜられ、『土佐日記』を遺《のこ》したことで知られている。（中略）藤原氏一辺倒の時代に、紀氏の一族はのけ者の悲しみを味わったに相違ない。平安朝の歌人の多くは、そういう人々の中から生まれている。

（白洲正子『私の百人一首』）

『古今和歌集』一―四二の詞書《ことばがき》によると、春の初め、久しぶりに長谷寺にお参りに行くと、いつも泊まっていた宿屋の主人が「お宿はこのようにちゃんとありますよ」と話しかけたので、梅の枝を折りながら応えた歌である。『小倉百人一首』ではこの一首だけ梅の花を歌っている。

『古今和歌集』の序文には「仮名序《かなじょ》」と「真名序《まなじょ》」がある。これまで、『古今和歌集』の仮名序に評されている人物を紹介してきた。2柿本人麻呂、3山辺赤人、4小野小町、8在原業平、9文屋康秀である。

『古今和歌集』は平安時代前期の最初の勅撰和歌集で、二〇巻（歌数一〇九五首余）ある。醍醐天皇の命により、紀友則や紀貫之、凡河内躬恒、壬生忠岑が撰にあたったのは、正子も述べている通りである。『古今和歌集』に添えられた二篇の序文のうち、仮名で書かれているのが「仮名序」。執筆者は紀貫之。もう一方の序文は紀淑望《きのよしもち》が漢文で著した「真名序」である。「仮名序」の冒頭に「やまとうたは、人の心を種《たね》として、万《よろず》の言《こと》の葉《は》とぞなれりける（やまとうたと申しますものは、人の心を種にたとえますと、それから生じて口に出て無数の葉となったものであります）」（前掲書）と和歌の本質を説き、続いて起源・技法・

歴史・編纂《へんさん》の経緯などを述べている。初めて本格的に和歌を論じた歌論として知られ、歌学のさきがけとして位置づけられている。

『古今和歌集』は和歌を宮廷文学として確立し、その体系や表現、美意識は、以後の文学史の展開に大きな影響を与えた。紀貫之の歌は一〇二首撰ばれていて。『小倉百人一首』の撰者藤原定家に次いで多い。

また、『古今和歌集』巻二－八七で貫之は比叡山参詣の感激を歌に詠んでいる。

比叡《ひえ》にのぼりて、帰りもうできてよめる　つらゆき

山高み見つつわが来《こ》し桜花風は心にまかすべらなり

歌意　比叡山《ひえいざん》に登り、都に帰ってから詠んだ歌　紀貫之
高い山の上にあったので、手折《たお》ることもできず、何度も振り返り見い見いしてきた桜の花を、風は思いのまま散らしてしまうようだ。
（前掲書）

ゆかりの地・歌碑・墓など

紀貫之の歌碑が関蟬丸神社下社にあり、墓が比叡山の中腹にひっそりと建っている。

郵 便 は が き

お手数ながら切手をお貼り下さい

5 2 2-0 0 0 4

滋賀県彦根市鳥居本町655-1

サンライズ出版 行

〒
■ご住所

■お名前《ふりがな》 ■年齢 歳 男・女

■お電話 ■ご職業

■自費出版資料を 希望する ・ 希望しない

■図書目録の送付を 希望する ・ 希望しない

サンライズ出版では、お客様のご了解を得た上で、ご記入いただいた個人情報を、今後の出版企画の参考にさせていただくとともに、愛読者名簿に登録させていただいております。名簿は、当社の刊行物、企画、催しなどのご案内のために利用し、その他の目的では一切利用いたしません（上記業務の一部を外部に委託する場合があります）。

【個人情報の取り扱いおよび開示等に関するお問い合わせ先】
サンライズ出版 編集部 TEL.0749-22-0627

■愛読者名簿に登録してよろしいですか。 □はい □いいえ

ご記入がないものは「いいえ」として扱わせていただきます。

愛読者カード

ご購読ありがとうございました。今後の出版企画の参考にさせていただきますので、ぜひご意見をお聞かせください。なお、お答えいただきましたデータは出版企画の資料以外には使用いたしません。

●書名

●お買い求めの書店名（所在地）

●本書をお求めになった動機に○印をお付けください。

1．書店でみて　2．広告をみて（新聞・雑誌名　　　　　　　　　　）

3．書評をみて（新聞・雑誌名　　　　　　　　　　　　　　　　　　）

4．新刊案内をみて　5．当社ホームページをみて

6．その他（　　　　　　　　　　　　　　　　　　　　　　　　　　）

●本書についてのご意見・ご感想

購入申込書　小社へ直接ご注文の際ご利用ください。お買上 2,000 円以上は送料無料です。

書名	（　　　冊）
書名	（　　　冊）
書名	（　　　冊）

関蝉丸神社下社〔**大津市逢坂一丁目一五－六**〕

5蝉丸で紹介した関蝉丸神社下社（88ページ）に蝉丸の歌碑と一緒に貫之の歌碑がある。

紀貫之の歌碑

逢坂の関《の》　しみずに影　見えて　いまやひくらん　望月の駒　貫之

歌意　満月の影が映る逢坂の関の清水に姿を見せて、今まさに牽いていることであろう、あの望月の駒を。（巻三－一七〇）

出典　小町屋照彦校注、新日本古典文学大系7『拾遺和歌集』岩波書店、一九九〇

京阪電鉄の線路を越えるとすぐ境内に入る。鳥居の右に蝉丸の歌碑があり、一〇《メートル》ほど向こうに、関の清水の石組みが残っている。清水は平安時代の頃のもの

蝉丸神社下社の歌碑「逢坂の」

蝉丸神社下社の関の清水

ではないらしいが、その右に紀貫之の歌碑がある。駒迎え（東国から朝廷へ献上する馬を逢坂の関で陰暦の八月二三日に出迎える年中行事）の屏風の絵に添えられた歌で、「望月の駒」とは長野県佐久市にあった牧場の馬。この碑の裏には由来が記載されていないが、鳥居を入ってすぐ右側にある蝉丸歌碑の裏に、昭和天皇の在位六〇年を祝って日展書家が書いた字であると当時の宮司が記録している。筆致も石の感じもよく似ているので、同じ時期に建立したかと推測される。

比叡山鉄道坂本ケーブル〔もたて山駅南五〇〇《メートル》〕

紀貫之の墓が、坂本ケーブルの「もたて山駅」から南に五〇〇《メートル》のところにある。もたて山駅で降ろしてほしいことを先に告げておくと停車してくれる。駅に降りるとホーム横に「土佐日記作者　土佐の国司紀貫之の墳墓所在地　これより５００Ｍ先」と書かれた立派な案内柱がある。森林につつまれた道を行くと、以前もたて山キャンプ場があった辺りに、ブランコやリヤカーなどが残っていた。さらに進むと墓に行き着く。

もたて山駅の案内柱

紀貫之の墓

　墓の右手前に説明板がある。前述した比叡山を詠んだ紀貫之の歌「山高み見つつわが来し桜花風は心にまかすべらなり」が記されているが、木製の説明板なので非常に読みにくくなっている。墓には貫之の髪と爪が埋められているという。生前、この地から見える琵琶湖の風景をこよなく愛し、没後はここに葬ってほしいと願っていたと伝わっている。今は木々に覆われて、琵琶湖は全く見えない。「木工頭紀貫之朝臣之墳」（八二×二三センチ）とあり、裏面の碑文には「明治元年九月十有八日」の日付がある。明治に改元（一八六八年九月八日）した直後に建てたということになる。木工頭《もくのかみ》とは宮中の殿舎の造営や木材の伐採などをつかさどった役所の長官で、紀貫之の最後の官職名である。

　紀貫之の墓の周りには、高知県南国《なんこく》市からの墓参

紀貫之の墓

高知県南国市からの参拝記念碑

団の記念碑が複数設置されている。第一回参拝が昭和五九年（一九八四）、第一三回が平成八年（一九九六）、第二〇回が平成一五年（二〇〇三）、第三〇回が平成二五年（二〇一三）と、それぞれの記念碑が墓の右後ろに建てられている。第一回の記念碑が朽ちてしまったのか、ステンレスで平成二一年（二〇〇九）に第一回の碑を建て替えたという丁寧さだ。三五回目の平成三〇年（二〇一八）は四月七日に南国市の副市長らを含む二一名が訪れ、高知県人会のメンバーや大津市の副市長が出迎えたそうだ。

なぜ、高知県南国市かというと、かつて、紀貫之は延長八年（九三〇）に土佐守として土佐国に赴任した。『土佐日記』によれば、承平四年（九三四）の離任時には、多くの国人が別れを惜しんだという。その赴任先であった土佐国の子孫たちが、紀貫之の墓参に毎年のようにやってきているということがわかる。南国市を調べてみると、紀貫之邸跡に隣接して「古今集の庭」がある。『古今和歌集』撰者紀貫之の和歌三二首にちなんだ草木と「曲水の流れ」などを配し、平安朝を想わせる庭園だそうだ。

近江の私たちがあまり知らないのに、遠く高知県の南国市の方々が『土佐日記』のご縁で、幾度もお越しいただいている事実を知って驚いた。

紀貫之の墓の案内碑

また、比叡山頂上付近の比叡山延暦寺東塔の大講堂の近くに、「紀貫之卿墳墓従是東

南　十二町」（一八四×四〇センチ）と彫られた石碑が立っている。根本中堂より東南の方向へ一二町（約一三〇九メートル）行くと紀貫之の墓があるということだ。墓の建てられた明治元年（一八六八）と同時かそれ以降に作成されたと考えられる。

延暦寺東塔大講堂近くの紀貫之墓案内碑

15

歌51 藤原実方朝臣《ふじわらのさねかたあそん》

かくとだにえやはいぶきのさしも草《ぐさ》さしもしらじなもゆる思《おも》ひを

歌意 これほど恋したっていますと、いえないものですから、伊吹山のさしも草のようにこんなにもえる切ない思いも、あなたはよもやご存じないでしょうね。

出典 『後拾遺和歌集』恋

きまり字 「かく」の二字

作者 生年不詳〜九九八。貞信公《ていしんこう》藤原忠平（**歌26**をぐら山峰《やまみね》の紅葉《もみぢ》ば心《こころ》あらば今《いま》ひとたびのみゆきまたなん）の曾孫《ひまご》で、侍従藤原定時《さだとき》の子。一時、清少納言と恋愛関係にあったといわれている。晩年陸奥守《むつのかみ》となり、その任地で亡くなった。

『後拾遺集』には、「女に始《はじめ》て遣《つかは》しける」という詞書《ことばがき》があり、うるさい程技巧が凝らしてある。そのために古来多くの説があって、いずれとも定めがたい。そういう時、私は、ただ歌を眺めることにしている。（中略）「さしも草」はもぐさ（よもぎ）のことで、お灸《きゅう》の熱さと切離して、この歌を鑑賞することは出来ない。伊吹山は、そのもぐさの産地で、伊吹のいに、言うをかけ、「さしも草」は「さしも知らじな」をひき出す為《ため》の序詞である。（中略）一条天皇が（実方と藤原行成《ゆきなり》の争いを）小蔀《こじとみ》のすきまから、一部始終を見ておられたので、行成は蔵人頭《くろうどのとう》に抜擢《ばってき》され、実方の方は「歌枕《うたまくら》見て参れとて」、陸奥国《むつのくに》へ左遷《させん》された。人を咎《とが》めるにしても、「歌枕見て参れ」とは洒落《しゃれ》た物言いで、王朝人の文化の高さを示している。源重之を従えて行ったのは、その時のことで、実方は長徳四年（九九八）、奥州《おうしゅう》で亡《な》くなった。

（白洲正子『私の百人一首』）

「行成と実方の争い」とは、実方が行成の冠を叩き落として、庭に投げ捨てたこと。行成は少しも動じずに、雑用の者を呼んで冠を拾わせ、頭にかぶると髪を整えてから、実方に「どういうことでしょうか。理由をお聞かせいただきたい」と質問した。こんな行成に実方は白けてしまい、その場から逃げた。これを見ていた一条天皇は、行成を評価し、実方を陸奥に左遷した。当時、冠は男にとって命の次に大切なもので、寝ている間もかぶっていたくらいだから、非常に無礼なことであった。

実方に随行した源重之《みなもとのしげゆき》の歌は『小倉百人一首』に撰ばれている（**歌48**風《かぜ》をいたみ岩《いは》う

つ波《なみ》のを《（お）》のれのみくだけてものをおもふ比《ころ》かな）。重之は三十六歌仙の一人で、清和天皇の曽孫で、源兼信の子。陸奥守藤原実方に随行し、同地で没したという。「歌枕」とは和歌の中に古来多く読みこまれた名所のこと。

また、相手の行成については、6小野篁《おののたかむら》の項で「日本三蹟」とされると説明した（95ページ）。19清少納言の歌の相手であったことは後述する（190ページ）。

奥州の実方ゆかりの地・歌碑など

「奥州で亡くなった」とある地を、『おくのほそ道』の取材時に訪ねた。

元禄二年（一六八九）五月三日、芭蕉一行は仙台領に入って白石、岩沼と進み、武隈《たけくま》の松に立ち寄った後、実方の墓や「かたみのすすき」がある名取郡を目指し奥州街道を北へ急いだ。断続的に降り続く五月雨の中ようやく名取にたどり着くが、藤原実方の塚は街道を外れた一里（約三・九キロ）ばかり先と聞かされる。日が暮れかけたうえに悪路では行くのが困難と判断した芭蕉は、涙をのんで名取郡を後にした。つまり、芭蕉は実方の塚を訪ねられなかったのである。

ここでは、実方が馬から降りないので罰があたったという道祖神社や、芭蕉が行けなかった実方の墓と歌碑、西行歌碑を紹介する。

道祖神社〔宮城県名取市愛島笠島字西台一－一〇〕

ＪＲ東北本線館腰《たてこし》駅の北側から県道愛島名取線に入り西の山側へ行くと、仙台岩沼線に出る。合流地点から北一・五キロほど先に、猿《さる》田《た》彦大神《ひこのおおかみ》を祀る道祖神社がある。藤原実方がこの道祖神社の前を通るときに馬から降りず参拝もしないで通り過ぎたので罰があたり、落馬事故で命を落とした話は、『源平盛衰記』にあり、よく知られている。

墓・句碑・歌碑〔宮城県名取市愛島塩手字北野〕

「おくのほそ道」の碑・芭蕉句碑

道祖神社から七〇〇メートルほど北に行くと、「中将藤原実方《さねかた》」と書かれた背の高い標柱が目にとまる。実方橋を渡ると「第十三回藤原実方墓前献詠会優秀短歌作品」と立派なガラスケースに入って作品などが飾られていた。実方のおかげでこの地は短歌が盛んであるのかもしれない。墓の入口に「おく

「おくのほそ道」の碑と芭蕉句碑

道祖神社

のほそ道」の碑がある。左奥の芭蕉の句碑とともに平成元年（一九八九）に建てられた。その年は芭蕉が「おくのほそ道」に出発して三〇〇年にあたり、多くの関連地に記念碑が建てられた。その一つである。

かたみのすすき

西行が文治二年（一一八六）、陸奥への二度目の旅をしたとき、実方の墓に立ち寄って霜枯れのすすきを詠んだ歌に関係している。次の西行の歌碑のところで紹介する。すすきが枯れていたので、説明板がなければ見過ごしてしまいそうであった。

藤原実方の墓と歌碑

芭蕉句碑を左に見て一〇〇メートルほど前へ進むと、実方の墓に着く。柵で囲まれた墓の右手前に「中将實方朝臣之墳」とある。墓の右奥に歌碑、右手前に西行の歌碑がある。実方の歌碑は明治四〇年（一九〇七）に建てられたもので、万葉仮名で

かたみのすすき

左から藤原実方の歌碑と墓、西行歌碑

書かれており、判読はしにくかった。碑の高さは台座を含めると三・三メートルもある。
調べると『拾遺和歌集』に「五〇　題知らず　よみ人知らず」で載っていた。

桜狩《さくらがり》雨は降りきぬおなじくは濡《ぬ》るとも花の影に隠《かく》れむ

歌意　桜狩をしていたら、雨が降ってきた。同じことならば、濡れてもよいから花の蔭に隠れよう。

出典　小町谷照彦校注、新日本古典文学大系7『拾遺和歌集』岩波書店、一九九〇

歌碑の左の説明板に力のこもった次の文章が手書き文字で書かれていた。

実方は、能因《のういん》、西行にさきがけて、いわばみちのく歌枕散歩に先鞭《せんべん》をつけた人というべきであろう。（中略）実方、西行にゆかりのあるこの地は芭蕉の詩情と遊心をかき立てる憧憬《しょうけい》の地であったにちがいなかったと思われる。しかし芭蕉は遂にその願いを断念せざるを得なかった。『笠島《かさしま》はいづこさ月《つき》のぬかり道（笠島はどのへんかな。この五月雨のどろんこ道じゃ行くにも行けない）』の一句は彼の万斛《ばんこく》の思いをこめた絶唱である。（中略）今はその五輪塔さえ失われ、わずかに墳丘《ふんきゅう》をとどめるばかり。

西行の歌碑

天養元年（一一四四）、二七歳のころ陸奥・出羽へ歌枕の旅をした西行は、実方が亡くなって一八八年後の文治二年（一一八六）、六九歳にして再び陸奥へ向かうこととなった。西行はこのとき実方の墓に立ち寄り、霜枯れのすすきに心を寄せながら次の歌を残した。

朽《く》ちもせぬその名《な》ばかりを留《とど》め置《おき》て枯野《かれの》の薄《すすき》形見《み》にぞ見る

歌意　朽ちもせぬその名だけをこの世にとどめ置いて、身は空しく朽ちてしまった。（実方の）塚のほとりの霜枯れの薄をただ（実方の）形見として見ることである。　（雑八〇〇）

出典　風巻景次郎校注、日本古典文学大系29『山家集　金槐和歌集』岩波書店、一九六一

西行の歌が前述した「かたみのすすき」の由来となっている。実方の墓に向かって右に、実方の歌碑と同じく明治四〇年（一九〇七）に建立された。芭蕉が訪ねたくて訪ねられたかった所が現在名所となっているというのもおもしろいことである。24西行については、215ページから詳しく説明する。

ゆかりの地・もぐさ

伊吹山ともぐさを紹介する。

伊吹山《いぶきやま》

伊吹山は、滋賀県米原市と長浜市、岐阜県揖斐郡揖斐川町と不破郡関ケ原町にまたがる伊吹山地の主峰で、標高一三七七メートルの山である。一等三角点が置かれている山頂部は米原市に属し、滋賀県最高峰の山である。山域は琵琶湖国定公園に指定されている。

もぐさ

もぐさは、現代でも生産されており、「道の駅伊吹の里」などでも販売している。以前、腰の調子の悪いとき、鍼灸の先生にもぐさを使ったお灸をしてもらったら、何となくすっきりした。実方の時代からずっと使用されていることに感慨を覚えた。

三島池から見る伊吹山

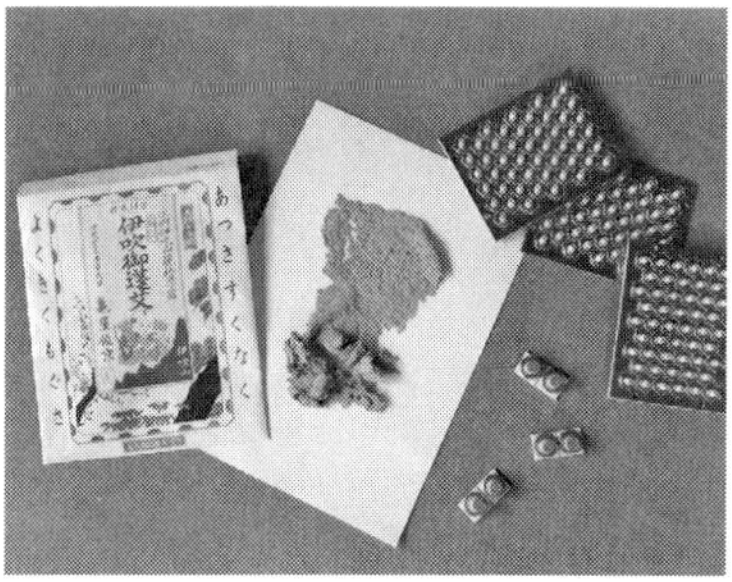

もぐさ

16　歌53　右大将道綱母《みちつなのはは》

歎《なげ》きつゝひとりぬるよの明《あ》くるまはいかに久《ひさ》しきものとかはしる

歌意　嘆きながらひとり寝する夜の明けるまでの間が、どんなに長いものであるか、あなたはご存じでしょうか。門をあけるのがおそいので立ちわずらったとおっしゃいますけれど。

出典　『拾遺和歌集』恋

きまり字　「なげき」の三字

作者　九三七?～九九五。『蜻蛉《かげろう》日記』の作者。藤原倫寧《ともやす》の娘。藤原兼家《かねいえ》と結婚、妻の一人となり、道綱をもうけた。『更科日記』の作者、菅原孝標《たかすえの》娘《むすめ》は姪にあたる。美人で、歌にきわめてすぐれていたといわれる。

『かげろふの日記』の作者である。承平《じょうへい》七年（九三七）藤原倫寧の女に生れ、藤原兼家と結婚し、道綱を生んだ。『かげろふの日記』は兼家と会って捨てられるまでのいきさつを、回想的に記した散文で、孤独の辛《つら》さと、愛欲の苦しみを、しっかりと見据えて書いている。（中略）男の身になってみると、うっとうしい女性だったのではあるまいか。兼家がつまらぬ町の女にひかれたのも、息ぬきを必要としたに違いない。そういうことが重なって、兼家はほんとうに離れてしまうのだが、どちらかといえば、男の方に私は同情したい気持である。

（白洲正子『私の百人一首』）

兼家と結婚後すぐの頃、頼りにする父倫寧は遠い陸奥《むつ》の任地にあり、彼女が道綱を生んだばかりの心細いときの歌である。『蜻蛉日記』には次のようなことが記されている。出産当初は、兼家はやさしい心づかいみせて、よく彼女の面倒を見てくれた。ところが、ある日、夫が出かけているときに夫の文箱を何気なく開けてみると、よその女に送ろうとした手紙があった。他の女性宛の手紙を見たことだけでも夫に知らせようと、その手紙に歌を書き込んだ。つまり、夫が出すはずの手紙に自分の歌を書きつけて出せなくしてやったことが書かれている。兼家は、上は内親王から、下は白洲正子のいう「つまらぬ町の女」まで、幅広くつきあっている男であり、妻もたくさんいた。のちに左大臣になって権勢を誇った藤原道長は別の女性との間の子どもである。

歌を書き込んだ後、三晩連続で夫が家に来ないことがあった。やっと家に来たというのに、夕方、夫が家から出ていくので、納得できずに家人に後をつけさせ様子を探らせると、「旦那様は町の小路にあるどこそこにお泊りになりました」と言ってきた。たいそう情けなく思うけれど、なんと言えばいいのかわからないでいるうちに、二、三日ほどして夜明け前に門を叩く人がいる。「夫だろうな」と思うとつらくて開けさせないでいたら、あきらめて、あの女の家と思われるところに行った。翌朝、このままにしておくのはくやしいと思って、いつもより丁寧に書いて枯れかけの菊に結んで兼家に送った。**歌**㊿「歎つゝ」を、

また、『拾遺和歌集』の巻一四、恋四―九一二の詞書には「入道摂政まかりたりけるに、門《かど》を遅《おそ》く開けければ、立《た》ちわづらひぬと言《い》ひ入《い》れて侍ければ」(小町谷照彦校注、新日本古典文学大系7『拾遺和歌集』岩波書店、一九九〇)とある。つまり、夫の兼家が訪れてきたのだが、わざと長く待たせて門を開いたら、兼家は「待たされて立ち疲れてしまったよ」と言って入ってきたとだけ記してある。門の戸を遅く開けただけで文句を言う夫には自分の思いを察することなどできないでしょうと作者は思っている。

歌の背景にはこんないきさつがあり、平安朝の女性は夫が通ってこなければ、婚姻関係はなくなるという事実があった。男のために苦しんだ末、『蜻蛉日記』という名作が残ったのは皮肉なことである。いつの世も夫に別の女ができて、苦しまない女はいない。

ゆかりの地

『蜻蛉日記』の中に唐崎《からさき》神社と石山寺に参拝したことが出てくる。

唐崎神社〔大津市唐崎一丁目七―一〕

京都から逢坂《おうさか》の関を越え、琵琶湖を右に、左手に高くそびえる比叡の山を見て、七キロほど北へ行くと唐崎神社がある。現在では湖西線唐崎駅から琵琶湖の方に向かって八〇〇メートルほどで唐崎神社に着く。

日吉大社の摂社で、近江八景の一つ「唐崎の夜雨《やう》」で知られる景勝地。芭蕉の「辛崎《からさき》の松は花より朧《おぼろ》にて」という句で名高い松が境内にある。金沢の兼六園にある唐崎の松はこの地から分けられたものとして有名である。六三三年ごろ、日吉大社神職の始祖 琴御館宇志丸《ことのみたちうしまる》がこの地に住み「唐崎」と名づけ、その妻が松を植えたと伝えられる。三代目の松は二本に分かれ、高さ一一メートル、東西二九メートル、南北二七メートル、幹の太さ三・六メートルもある。唐崎の松を背に琵琶湖を眺めると、視界一面に広がる湖ごしに、対岸には三上山を望むことができる。はるか昔から

唐崎神社の「茅の輪くぐり」

唐崎の松（伐採前）

変わらない風景だ。ところが、取材当日、この松の伐採の場面に出会う。写真は伐採前の写真である。

毎年四月の日吉大社の山王祭《さんのうさい》では、天智天皇が大津京遷都の際に飛鳥から招いたとされる同大社西本宮の祭神大己貴神《おおなむちのかみ》が船で琵琶湖を渡ってきた様子を再現する神事「船渡《ふなと》御《ぎょ》」が行われ、神輿が湖上に繰り出し、摂社の唐崎神社の沖合では、大己貴神に膳所《ぜぜ》の漁師が粟のご飯を献上したという「粟津《あわづ》の御供《ごく》」が再現される。

また、唐崎神社は平安中期以降、天皇が息を吹きかけ、体をなでて、その災禍を負わせた人形《ひとがた》を七人の勅使が七ヶ所の水辺に流した「七瀬の祓《はらえ》」の一ヶ所で、一般貴族たちもこれに倣った。そのときの様子が『蜻蛉日記』にも記されている。現在も毎年七月二八・二九日には夏の健康と疫病退散を祈る「みたらし祭」で、茅萱《ちがや》で作った大きな茅の輪を右左右と八の字にくぐる「茅の輪くぐり」は、その利益《りやく》を受けるための行為とされている。茅の輪くぐりとともに発祥したといわれる「みたらし団子」を味わう。「ちの輪守」の袋には「下の病（婦人病・痔・夜尿症等）の予防、治癒に霊験があり、お便所の柱におかけ下さい」とある。なるほどこれが古から女性に信仰され、長く続いてきた理由かなと思われた。唐崎の松と「みたらし団子」については、２２１ページからの25式子内親王《しょくしないしんのう》で述べる。

日記の中で唐崎について書いてあるところを紹介する。

『蜻蛉日記』本文

浜《はま》づらのかたに祓《はらへ》もせむと思ひて、唐崎《からさき》へとてものす。（中略）さて、車かけて、その崎にさしいたり、車引きかへて、祓《はらへ》しにゆくままに見れば、風うち吹きつつ波高くなる。（中略）若きをのこも、ほどさし離れてなみゐて、「ささなみや志賀《しが》の唐《から》崎《さき》」など、例のかみごゑふり出《い》だしたるも、いとをかしう聞こえたり。（中略）未《ひつじ》の終はりばかり、果てぬれば、帰る。

（口語訳）浜辺のあたりで、ぜひお祓《はら》いもしたいと思って、唐崎《からさき》へと出かける。（中略）さて、車に牛をつけて出発し、唐崎に到着し、車の向きを変えて、お祓《はら》いをしに行きながら見ると、風が出てきて波が高くなる。（中略）若い男たちも、すこし離れた所に並んで座り、「ささなみや志賀の唐崎」などと、例の神楽声《かぐらごえ》を張り上げてうたっているのも、とてもおもしろく聞こえた。（中略）未《ひつじ》の時の終りごろ（午後三時ごろ）、お祓《はら》いがすんだので、帰途につく。

（木村正中・伊牟田経久校注・訳、新編日本古典文学全集13『土佐日記　蜻蛉日記』小学館、一九九五）

『蜻蛉日記』の成立した天延三年（九七五）の頃にもあった行事であるから、人間いつの時代になっても願うことは同じなんだなあと思われる。この後の記事で、逢坂山には申の果て（午後六時近く）とあるので、唐崎から七キロの道を三時間ほどかけて逢坂山にたどり着いたことになる。

石山寺（大津市石山寺一丁目一－一）

『蜻蛉日記』に「石山に十日ばかりと思ひ立つ」と記される石山寺は、東大寺大仏を造るための黄金が足りなくて心配した聖武《しょうむ》天皇（七〇一～七五六）が、ここに大きな寺を建てるようにと夢のお告げを受け、良弁僧正が天平勝宝元年（七四九）に開いた寺である。平安時代（七九四～一一九二）になって、観音信仰が盛んになると、多くの一般の人々にも崇敬された。その後も、西国三十三所観音霊場としてお参りする人が絶えない。本尊の秘仏如意輪観音像は、安産や厄除け、縁結び、福徳など利益《りやく》のある仏様として信仰を集めている。東大門は建久元年（一一九〇）に建

石山寺東大門

立され、その後、慶長年間（一五九六〜一六一五）に淀殿の寄進によって修復されたと伝わる。また、日本最古の多宝塔は建久五年（一一九四）に源頼朝の寄付により建てられた。現在は京阪電鉄石山寺駅下車徒歩一〇分であるが、逢坂の関からだと八キロほどの距離である。

『蜻蛉日記』本文

さらば、いと暑きほどなりとも、げにさ言ひてのみやは、と思ひ立ちて、石山《いしやま》に十日ばかりと思ひ立つ。（中略）申《さる》の終はりばかりに、寺の中につきぬ。（中略）夜《よ》うち更《ふ》けて、外《と》のかたを見出《みい》だしたれば、堂《だう》は高くて、下《しも》は谷と見えたり。（中略）夜《よ》の明くるままに見やりたりければ、東《ひんがし》に風はいとのどかにて、霧たちわたり、川のあなたは絵にかきたるように見えたり。（中略）さては夜《よ》になりぬ。御堂《みだう》にてよろづ申し、泣き明《あ》かして、あかつきがたにまどろみたるに、見ゆるやう、この寺の別当《べたう》とおぼしき法師、銚《てう》

石山寺の硅灰石と多宝塔

子《し》に水を入れて持て来て、右のかたの膝《ひざ》にいかくと見る。ふとおどろかされて、仏の見せたまふにこそはあらめと思ふに、ましてものぞあはれに悲しくおぼゆる。

（口語訳）では、ひどく暑い時節ではあっても出かけよう、ほんとに、そう嘆いてばかりいても仕方がないと決心して、石山寺に十日ほどと思い立った。（中略）夕方、申《さる》の時の終わりごろ（午後五時ごろ）に、寺の中についた。（中略）夜がすっかり更けてから、外の方を眺めると、御堂は高い所にあって、下は谷のようである。（中略）夜が明けてくるままに外を見やると、寺の東の方では、風がのどかに吹いていて、霧が一面に立ちこめ、川のむこうは絵に描いたような風情《ふぜい》であった。（中略）そんなことをしていて、夜になった。御堂《みどう》でいろいろお祈り申し、泣き明かして、夜明け前にとろとろとまどろんだところ、この寺の別当《べっとう》と思われる法師が、銚子《ちょうし》に水を入れて持って来て、わたしの右の膝《ひざ》に注ぎかける、という夢を見た。はっと目を覚まされて、み仏のお見せくださったのであろうと思うと、いよいよ深い心のおののきと悲しみをおぼえる。（前掲書）

石山寺へ来て、心を癒したのだということが、伝わってくる。「御堂は高い所にあって、下は谷」と書いてあるのは、石山寺のあの辺りかとか、石山寺の本堂で泣き明かしたのかと思いを巡らすだけで、道綱母の歌の心情が、石山寺の風景と相まって、迫ってくるような気がする。

17

歌56　和泉式部《いずみしきぶ》

あらざらむ此《この》よの外《ほか》の思出《おもひいで》に今《いま》ひとたびのあふ事《こと》もがな

歌意　私はまもなく死んでこの世を去るでありましょう。せめてあの世への思い出に、もう一度あなたにぜひお逢いしたいものです。

出典　『後拾遺和歌集』恋

きまり字　「あらざ」の三字

作者　生没年不詳。平安中期の女流歌人。父の大江雅致《おおえのまさむね》は、21大江匡房《まさふさ》の子である。最初、橘道貞《たちばなのみちさだ》と結婚。娘小式部内侍《こしきぶのないし》（歌60大江山《おほえやま》いくの、道《みち》のとを（ほ）ければまだふみもみず天《あま》のはしだて）を産んだ。冷泉《れいぜい》天皇皇子為尊《ためたか》親王、敦《あつ》道《みち》親王と恋愛をし、敦道親王が亡くなった後に、藤原道長の娘中宮彰子《しょうし》（一条天皇の后）に仕え、藤原保昌《やすまさ》と再婚した。

和泉式部は、色好みで、奔放な女性として知られているが、このようにしっとりとした歌をみると、一概にそういって片づけられないものがある。（中略）「あらざらむ」（いなくなる、死んでしまう）と謳《うた》い出し、せめてあの世の想い出に、もう一度お目にかかりたいと、むせび泣くように終わっているのが美しい。（中略）小野小町と並んで、平安時代の女流歌人の双璧《そうへき》とみても異存はあるまい。やがて彼女も伝説上の人物と化し、日本中の至るところに足跡を止《と》どめるようになって行く。（中略）小野小町と和泉式部には、たしかに共通する何かがある。それをかりに巫女《みこ》的な吸引力と名づけてもいいが、その放心的な魅力が男心をとらえ、ひいては民衆に強い印象を与えたのであろう。

（白洲正子『私の百人一首』）

「色好みで、奔放な女性として知られている」のは、次のような事情からである。初め、和泉守《いずみのかみ》橘道貞と結婚した。「和泉」式部という名は、最初の夫の役職名によるとされる。そして、冷泉天皇皇子為尊親王と恋愛し、宮中の大スキャンダルとなり、夫には離別され、父雅致からも勘当を受ける身の上となった。二年後、為尊親王が亡くなると、その弟の敦道親王と恋に落ちた。『和泉式部日記』に敦道親王との恋愛の初めから終わりまでのいきさつが書かれている。その中で、石山寺を訪ねている記事もある。敦道親王が亡くなった後に、藤原道長の娘中宮彰子に仕えた。おそらく、成人していた娘の小式部内侍も一緒に宮仕えしたのであろう。しかし、この娘に先立たれた。嘆きは深く、その悲しみを多くの歌に詠んだ。その後、道長の信頼する家臣だった藤原保昌と再婚し、五十何歳かの夫に従って式部は大和・丹後の任地へ下った。こういう経歴から「色好みで、奔放な女性」とされ、和泉式部にまつわる説話や伝説は、民間信仰と結びついて広く各地に分布している。

白洲正子は、4小野小町と和泉式部に共通する「巫女的な吸引力」と、正子ならではの表現をしている。

ゆかりの地・供養塔・歌碑

和泉式部の供養塔が、紫式部と清少納言の供養塔と並んで大津市坂本の慈眼堂《じげんどう》にある。また、和泉式部の歌碑が、1天智天皇で紹介した竜王町妹背の里に、和泉式部の祖父の21大江匡房の歌碑と並んでいる。

慈眼堂〔大津市坂本四－六－一〕

門をくぐると正面に慈眼堂が見え、説明板には「慈眼大師南光坊天海大僧正の廟である。徳川家康・秀忠・家光三代将軍に幕府の顧問として遇され元亀の兵火で全山焼土と化した比叡山の復興に尽力した。寛永二十年家光の命により建立された。慶安元年大師号の宣下をうける」とある。寛永二〇年（一六四三）に亡くなり、慶安元年（一六四八）に

「慈眼大師」の号を贈られた僧・天海の霊を祀る堂であることが読み取れる。

説明板から左へ少し行くと桓武天皇の供養塔がある。その後ろに、天海によって高島から当地に移されたという鵜川《うかわ》四十八体仏《しじゅうはったいぶつ》のうちの一三体の像のほか、和泉式部・紫式部・清少納言の供養塔がある。それぞれに表示がなければわからないほど、ひっそりと立っている。

和泉式部らの供養塔

さらに石道を進むと、石道の端の左手に四段の階段がある。そこを上がり、正面後列二列目に、右から紫式部・和泉式部（一七〇×八〇センチ）・清少納言の供養塔が並んでいる。帰りは、石道の最後のところから、外へ出た。写真撮影に最適な少し風情のある長い散歩道を、高校生らが行き来して、慈眼堂の門をくぐり抜け道として使っている。そんな幸せを、もっと年を重ねればわかるかなと思いつつ、「こんにちは」と元気に挨拶してくれる若者に心温まる思いがした。

慈眼堂の和泉式部供養塔

慈眼堂

雪野山史跡広場妹背《いもせ》の里〔蒲生郡竜王町川守五〕

1天智天皇で紹介した額田王と大海人皇子（天武天皇）の歌碑（47ページ）とともに、和泉式部と21大江匡房の歌碑（199ページ）もある。

和泉式部の歌碑

暮《く》礼《れ》尓《に》きと　つくる乎《を》万《ま》多《た》天《で》　不《ふ》利《り》者《は》る、　雪能《の》野《の》天《て》ら能《の》　いりあいの鐘
和泉式部

歌意　日が暮れてしまってつく鐘を、日が暮れるのを待たないで、夕日が山に沈むころに、晴れ渡るように、雪野寺の鐘の音が響くことよ。

この歌碑（一三〇×七五㌢）は以前、「近江の万葉集」の取材で妹背の里を訪れたとき、見たことがあったが、詳しくは知らなかった。

調べてみると、「雪能野天ら」（雪野寺）とは、妹背の里の近くにある雪野山龍王寺（201ページ）のことで、白洲正子『近江山河抄』（新潮社、一九九四）の「あかねさす紫野」の項でこの歌とともに紹介されていた。

雪野寺は現在「竜王寺」という禅宗の寺になっている。が、通称「野寺」ともいい、その方がこういう所の景色にふさわしい。寺伝によると、元明天皇の和銅三年、行基菩薩によって建立され、度々の兵火に消滅したが、平安時代に再興し、一条天皇から「竜寿鐘殿」の勅額を給わり、以来、竜王寺と呼ばれるに至ったという。（中略）平安時代には、歌枕の名所となり、特にその鐘は特別なひびきをもって聞こえていたらしい。

暮れにきと告ぐるぞまこと降り晴るる雪野の寺の入相の鐘　和泉式部

一条天皇から勅額を給わった寺ということは、一条天皇の皇后に仕えていた和泉式部にも縁があったのだろう。だから、この歌が残ったとも考えられる。

竜王寺は現在「龍王寺」と表記される。また、正子は「告ぐるぞまこと」と記しているが、歌碑では「つくる乎万多天」となっている。

妹背の里の歌碑「暮礼尓きと」

18

歌57　紫式部《むらさきしきぶ》

めぐり逢《あひ》て見《み》しやそれ共《とも》分《わか》ぬまに雲《くも》がくれにし夜半《よは》の月影《つきかげ》

歌意　久しぶりでめぐりあって、いま見たのはその人かどうか見分けがつかない間に、雲隠れした夜半の月のように、たちまちに姿をかくしてしまったことだ。

出典　『新古今和歌集』雑

きまり字　「め」の一字

作者　生没年不詳、九七〇?～一〇一六?とも。藤原為時《ためとき》の娘。藤原宣孝《のぶたか》と結婚し、娘大弐三位《だいにのさんみ》（**歌58**ありま山《やま》い《(ゐ)》なの篠原風吹《ささはらかぜふけ》ばいでそよ人《ひと》をわすれやはする）を産むが、結婚後三年ほどで夫と死別する。藤原道長の娘で、一条天皇中宮彰子に仕えた。『源氏物語』の作者。

和泉式部から清少納言へ、女の歌人が七人つづいている。前のを入れると九人になり、いかに女房の中にすぐれた歌詠《うたよ》みがいたか想像がつく。その間に、たった一人公任が交っているのも、宮廷での立場が暗示されていて面白い。この歌は、紫式部が幼な友達と出会って、つもる話がしたいと思っていたのに、あわただしく帰ってしまったことを、雲にかくれた月にたとえた。（中略）和泉式部と紫式部を対にしたのは妥当であるが、二つの歌に共通するのは、もう一度逢いたいという念願である。そういう風につかず離れずつづいて行くところに、連歌的な興趣が見出《みいだ》せると思う。和泉式部が生粋の歌詠みであるのに対して、紫式部の歌には物語性がふくまれ、詞書によって支えられているのにも興味がある。

（白洲正子『私の百人一首』）

「前のをいれると九人」とは、16右大将道綱母《みちつなのはは》や儀同三司母《ぎどうさんしのはは》、17和泉式部《いずみしきぶ》、紫式部、大弐三位、赤染衛門《あかぞめえもん》、小式部内侍《こしきぶのないし》、伊勢大輔《いせたいふ》、19清少納言《せいしょうなごん》のことである。女性九人の間に挟まれている大納言藤原公任《きんとう》が三十六人の優れた歌人「三十六歌仙」を取り上げたことは第一章で紹介した（21ページ）。

『新古今和歌集』巻一六−一四九九の詞書に「早くより童友《わらはとも》だちに侍ける人の、年ごろ経《へ》てゆき逢《あ》ひたる。ほのかにて、七月十日《ふづきとをか》のころ、月にきほひて帰り侍りければ（早くから幼友《おさなとも》だちでありました人で、幾年が過ぎて行き逢いました人が、ちょっと逢っただけで、七月十日ごろ、雲に隠れる月と競《きそ》うようにして帰りましたので）」とある（峯村文人校注訳、新編日本古典文学全集43『新古今和歌集』小学館、一九九五）。幼友だちとは女性のことで、和歌の自撰集

『紫式部集』には、女性との贈答歌も多く収められており、同性の友人を多く持っていたことがわかる。女性をたくさん観察したことも、『源氏物語』の女性を描き分けるときに参考になったのであろう。つまり、歌人としては和泉式部の方が上で、『源氏物語』の作者である紫式部は詞書で補われた物語性に支えられていると正子は述べている。

一般的には紫式部は一流の歌人とは考えられていない。例えば、この二人の勅撰和歌集に撰ばれている数を比較してみると、応徳三年（一〇八七）の『後拾遺和歌集』には、和泉式部が六八首撰ばれているのに対して、紫式部は三首のみである。

ところが、建久四年（一一九三）の「六百番歌合《うたあわせ》」で23藤原俊成《しゅんぜい》が「五〇六、藤原隆信の歌」の解説に「紫式部、歌詠《よ》みの程よりも物書《か》く筆《ふで》は殊勝也。其ノ上、花の宴の巻《まき》は、殊《こと》に艶なる物也。源氏見ざる歌詠みは遺恨ノ事也」（久保田淳・山口明穂校注、新日本古典文学大系38『六百番歌合』、岩波書店、一九九八）と述べている。同書校注者は「歌を詠むよりも物書く力が格段にすぐれている。二月下旬の紫宸殿での花の宴の夜、源氏は恋慕する藤壺の姿を求めてさまよううちに、女性と出会い、誰とわからぬままに契る。その夜渡された扇が縁で、その女性が源氏に対立する右大臣家の娘朧月夜と知る。源氏物語を見ていない歌詠みは遺憾なことである。当時の歌人に源氏物語が必須の知識であることを揚言した語として有名な句」と解説している。つまり、文芸的に優れた『源氏物語』を歌人の読むべき本とした。そのせいか、元久二年（一二〇五）の『新古今和歌集』

では、和泉式部の二六首に対して紫式部は一四首と、取り上げられる比率が近づいた。『源氏物語』の作者だから『小倉百人一首』にも撰ばれたのではないかとの説も出てくるわけである。

ゆかりの地・供養塔・歌碑

『源氏物語』の着想を得たといわれる石山寺をはじめ、多くのゆかりの地があることに今回気づかされた。慈眼堂や白鬚《しらひげ》神社、塩津《しおつ》北口バス停、野洲《やす》市菖蒲《あやめ》浜および百々《もも》神社を紹介する。像が二つ、供養塔が二基、歌碑四基ある。

石山寺〔大津市石山寺一丁目一─一〕

石山寺は16右大将道綱母で紹介した（166ページ）。

紫式部の像①（源氏の間）

石段を上り、国の天然記念物珪灰石《けいかいせき》を正面に見て、左の本堂に「源氏の間」が見える。二間四方の小さな参籠のための部屋が残されている。伝承では、寛弘元年（一〇〇四）、

石山寺の紫式部供養塔（左）と芭蕉句碑

石山寺「源氏の間」の紫式部像

紫式部が当寺に参籠した際、八月十五夜の名月の晩に、「須磨」「明石」の巻の発想を得たとされる。現在は、有職《ゆうそく》人形師十世・伊東久重作の紫式部像が迎えてくれる。紫式部は美人としては知られていないが、この人形は美人のように思われる。

紫式部の供養塔と松尾芭蕉の句碑

本堂から右へ曲がり多宝塔に向かう途中、左側に紫式部の供養塔と松尾芭蕉の円柱形の句碑「曙《あけぼの》は　まだむらさきに　ほととぎす」が並んで立っている。式部の供養塔（二六〇×六〇センチ）は宝篋印塔《ほうきょういんとう》で、笠を三つ重ねた珍しい層塔。初重の四面に仏像が浮き彫りにされ、相輪の代わりに宝珠を冠っている。鎌倉時代の作。

紫式部の像②（源氏苑）

源頼朝が寄贈したという多宝塔（国宝）を過ぎて、右上の坂の途中にある豊浄殿へ。ここでは毎年春と秋に「石山寺と紫式部展」が開かれる。さらに進み、光堂から少し階段を下りたところの「源氏苑」に紫式部の像（一〇五×一七一センチ）がある。机の前に座り、筆を手に思いめぐらしている

石山寺「源氏苑」の紫式部像

ような姿である。碑の裏には「昭和五十四年十月　石山寺座主　鷲尾隆輝（後略）」と刻まれていた。一九七九年に作られた像である。下り道の途中のかなり奥まったところにあるが、寺を訪れる人の何人がこの像を見てくれるのだろう。

慈眼堂（大津市坂本四ー六ー一）

17和泉式部で慈眼堂を紹介した（172ページ）。

紫式部の供養塔②

和泉式部の供養塔の向かって右に立っている（一六五×九〇センチ）。紫式部と清少納言、和泉式部の三人が選ばれているのは興味深い。

慈眼堂の紫式部供養塔

白鬚《しらひげ》神社（高島市鵜川二一五）

白鬚神社は湖中に朱塗りの大鳥居があり、国道一六一号をはさんで社殿が鎮座する。祭神は猿《さる》田《た》彦命《ひこのみこと》。一九〇〇年の歴史を誇り、本殿は国の重要文化財。豊臣秀吉の遺命を受けた秀頼の寄進により慶長八年（一六〇三）に建立。檜皮葺《ひわだぶ》きで入母屋《いりもや》造り。桃山時代特有の建築で、片桐且元《かつもと》書の棟札も残されている。本殿に向かって左側、円柱形の碑に「四方《しほう》より花　吹き入《いれ》て鳰《にお》の湖《うみ》　芭蕉」と刻まれ、手水舎《ちょうずや》横には、明星派の歌人である与謝野鉄幹・晶子夫婦が大正元年（一九一二）に訪れた際に詠んだ歌の碑「志《し》らひ希《げ》の神のミまへに尓《に》　王《わ》くいづミ　こ連《れ》を　むすべば　人の清　まる」（上の句は鉄幹、下の句は晶子）がある。

紫式部の歌碑①

紫式部の歌碑　近江の海にて三尾《みを》が崎といふ所に、網引くを見て

三尾の海に　網引く民の　てまもなく　立ち居につけて　都恋しも

歌意　三尾が崎で網を引く漁民が、手を休めるひまもなく、立ったりしゃがんだりして働いているのを見るにつけて、都が恋しい。（二〇）

出典　山本利達校注『紫式部日記　紫式部集』新潮社、一九八〇

紫式部が長徳二年（九九六）、越前（現在の福井県北部）国司として任地に赴く父藤原為時《ためとき》に従って、高島を通ったときに詠んだ歌の碑が、石段上の南側に琵琶湖を背にして三基

立っている。向かって右端に情景を彫りつけた石があり（八〇×一六五チセン）、真ん中にある歴史仮名遣いの歌碑が一番大きい（一四〇×二一〇チセン）。左端の碑には、現代仮名遣いの歌とその左に一五行にわたる説明が付き、最後に「昭和六十三年四月吉日　高島町観光協会」とある。ここではこの碑の表記で紹介した。一つの歌に三基も揃って立っているのは全県でもここだけだと思われ、旧高島町観光協会の思い入れが感じられる。

塩津《しおつ》北口バス停〔長浜市西浅井町塩津浜〕

塩津北口バス停の後方に紫式部の歌と万葉の歌が一緒に描かれている。扇形の金属板（一五七×一七五チセン）に文字を焼き付けたプレートを（三五×六〇チセン）がはめ込まれている。平成八年（一九九六）ごろ、福井県で紫式部来県一〇〇〇年記念イベントが行われたのを機に建てられた。万葉集にある「あぢかまの」の歌も地元の人に知ってほしいと、併記されたそうだ。

塩津北口バス停の歌碑「知りぬらむ」

白鬚神社の歌碑「三尾の海に」

紫式部の歌碑②（万葉歌碑）

知りぬらむ　ゆききにならす塩津山　よにふる道は　からきものぞと　紫式部

歌意　塩津山といふ道のいとしげきを、賤《しづ》の男《を》のあやしきさまどもして、「なほからき道なりや」といふを聞きて（塩津山という道がたいそう草木が茂っているので、卑しい身分の男たちがみすぼらしい姿をして、「やはり、辛い道だよ」と言うのを聞いて）お前たちもわかったでしょう。いつも往き来して歩き馴れている塩津山も、世渡りの道としてはつらいものだということが。（二三）

出典　山本利達校注『紫式部集』新潮社、一九八〇

あぢかまの　塩津をさして漕ぐ舟の　名は告りてしを　逢はざらめやも　読人不詳

歌意　味鎌の塩津をめざして漕ぐ船、その船に乗るように、名を名乗ったのに、逢ってくれないことがあるだろうか。（巻一一―二七四七）

出典　佐竹昭広他四名校注、新日本古典文学大系３『萬葉集　三』岩波書店、二〇〇二

琵琶湖を舟で渡り塩津に至った紫式部の一行は、塩津山を越えるため荷物や輿を運ぶ現地の男たちを雇う。男たちには通い慣れた塩津山の道でも、荷や輿《こし》を担いで越えるには苦労する道である。しかし、報酬を得るためにはつらい労働もしなければならない。

そんな男たちの会話にふと耳を澄まし、詠んだ歌である。王朝文学の代表者ともいうべき紫式部が「みすぼらしい姿」の男たちとともに、越前との国境の深坂古道を越えたかと思うと、石山寺の像とは違う印象を持ってしまう。

野洲市菖蒲《あやめ》浜〔野洲市菖蒲〕

湖周道路沿いの菖蒲浜に道路標識「紫式部の歌碑」がある。何度となくこの辺りを通っているが、この標識には気付かなかった。現在、菖蒲浜は閉鎖されていて駐車場もない。反対側の空き地に駐車して、左右の車に気をつけて道路を横断する。

紫式部の歌碑③

おいつ島　しまもる神や　いさむらん　浪もさわがぬ　わらわべの浦

歌意　おいつ島を守っている神様が、静かにするようにいさめたためだろうか、わらわべの浦は波も立たずきれいだこと。（二一四）

出典　山本利達校註『紫式部集』新潮社、一九八〇

菖蒲浜の歌碑「おいつ島」

長徳二年（九九六）夏、紫式部が父の転勤に付いて越前へ向かい、琵琶湖の西岸を通ったときに詠んだ歌は、白鬚神社と塩津北口バス停のところで紹介した。この歌は、越前での一年余の生活を終え、父とも別れて、琵琶湖の東岸沿いを独り京に帰ったときに詠んだものである。

琵琶湖を背にして歌碑（一六五×二七〇センチ）があり、「この歌は、紫式部が、沖の島の対岸であるあやめ新田童子が浦のこの地から、遠く沖の島を望んで詠んだものと言われている」と碑の裏面に記されている。旧中主町《ちゅうずちょう》観光協会が平成五年（一九九三）三月に建てた大きな碑である。設置当時は島が一望できたのであろうが、残念なことに現在は木が茂り、島は湖岸からしか見えない。

百々《もも》神社（近江八幡市北津田町二）

県道二号の音羽町の信号を長命寺方面へ四キロほど行くと、渡合橋の手前に左矢印で「百々神社」の標識がある。鳥居の前の参道脇に歌碑がある。

百々神社については近江八幡市史編纂室編『水辺の記憶』（近江八幡市、二〇〇三）のコラム「渡り合の大蛇」に次のような話が載っている。宇多天皇の御代、渡合の下に一匹の大蛇がすんでいて、往来する人を悩まし、村人も大変困っていた。この橋の近くに独りで住んでいた老人のあばら家に立ち寄った宇多天皇の第八皇子敦実《あつみ》親王は、大蛇を退治してほしいという老人の願いを聞きいれ、大蛇退治に挑み、見事成功する。のちに村人たちは大蛇の魂を橋のそばに祀り、百々神社と名づけた。以来、百々神社は、蛇除けや風邪、喘息の全快などのご利益があるとされ、今でも大切に祀られている。

紫式部の歌碑④

おいつしま志《し》万《ま》もる　神やいさむらんなみ毛《も》さわ可《か》ぬ　わらは邊《べ》のう羅《ら》

紫式部

歌意　菖蒲浜と同じ。

神社の鳥居に向かって右側の参道に歌碑が立っている。菖蒲浜の歌碑と違い、こちらは変体仮名を使って書かれているので、判読しにくい。裏に「平成十一年二月吉日建立」とある。説明板もないので、なぜ、神社に菖蒲浜の碑より六年後に建立されたかわからない。紫式部の歌ともすぐにわからないのは惜しまれる。

百々神社の歌碑「おいつしま」

19

歌㊷ 清少納言《せいしょうなごん》

よをこめて鳥《とり》の空音《そらね》ははかる共《とも》よにあふさかの関《せき》はゆるさじ

歌意 まだ夜の明けないうちに、にせの鶏の鳴き真似をして、函谷関の番人をだましたとしても、逢坂の関はそうは参りますまい。うまいことをおっしゃっても、私はけっして逢いませんよ。

出典 『後拾遺和歌集』雑

きまり字 「よを」の二字

作者 生没年不詳。清原元輔《もとすけ》（**歌㊷**契《ちぎり》きなかたみに袖《そで》をしぼりつゝ末の松山《まつやま》なみこさじとは）の娘。曾祖父が清原深養父《ふかやぶ》（**歌㊱**夏《なつ》の夜《よ》はまだ宵《よひ》ながら明《あけ》ぬるを雲《くも》のいづくに月《つき》やどるらむ）。最初、橘則光《のりみつ》と結婚したが後に離別し、一条天皇の中宮藤原定子《ていし》に仕えた。宮廷での日々は『枕草子』にいきいきと書かれている。定子亡きあとは宮仕えを退いた。藤原棟世《むねよ》と再婚、小馬《こまの》命婦《みょうぶ》を産む。晩年は不遇だったとも伝えられている。

前の六人がすべて上東門院《じょうとうもんいん》の女房であるのに対して、清少納言は中宮定子に仕えたので、最後においたのであろう。時代は清少納言の方が少し前で、年も上であったと思われる。清原深養父《ふかやぶ》の曾孫《そうそん》であり、元輔《もとすけ》の子であるところから、父祖の名をとって清少納言と呼ばれた。（中略）藤原道隆《みちたか》の息女《そくじょ》、定子が中宮になったのは、正《しょう》暦《りゃく》元年（九九〇）のことで、それから五年後に道隆は亡《な》くなり、弟の道長が関白になると、定子の身辺は一夜にして暗黒の巷《ちまた》と化す。兄の伊周《これちか》は太宰府《だざいふ》へ左遷され、道長の長女彰子が入内《じゅだい》して、中宮定子は尼になる。（白洲正子『私の百人一首』）

「前の六人」とは17和泉式部や18紫式部、大弐三位《だいにのさんみ》、赤染衛門《あかぞめえもん》、小式部内侍《こしきぶのないし》、伊勢《いせの》大輔《たいふ／おおすけ》ら、王朝の女房（朝廷に仕える女官で、一人住みの部屋を与えられた者）たちのこと。「上東門院」とは一条天皇の中宮藤原彰子《しょうし》で、父は関白藤原道長。その次の清少納言だけは、前者たちとは立場が違い、一条天皇の中宮定子に仕えていた。だから「最後においたのであろう」と正子は記した。『枕草子』には、中宮定子は美しくて、聡明でユーモアを理解する人物として、清少納言の才気と明るさを愛し、清少納言も心をこめて中宮をほめたたえている。

この歌に見られる彼女の才気は、『史記』の孟嘗君の故事を下敷きにして、中国の函谷関ならいざ知らず、世の男と女が逢う「あふさかの関」ともなれば、簡単には開かないものですよ、簡単に私に逢えると思わないでねと、打てば響くように言い返したことである。歌の相手は藤原行成で、15藤原実方《さねかた》に宮中で冠をたたき落とされた際に、冷静にふるまい、実方を陸奥へ追いやるきっかけになった人物である。行成は能書家として三蹟《さんせき》の一人に数えられていることは6小野篁《おののたかむら》の項で述べた（95ページ）。そのようなすぐれた相手に負けずと歌い返しているところがすごい。

百人一首の人脈も興味深い。「前述の六人」の最初の17和泉式部の二つ前の儀同三司《ぎどうさんし》の母《はは》（**歌**54わすれじの行末迄《ゆくすゑまで》はかたければけふをかぎりの命《いのち》ともがな）とは高階貴子《たかしなのきし》のことで、藤原道隆の妻として、中宮定子を産んでいる。

ゆかりの地・歌碑・供養塔

逢坂の関記念公園に歌碑が、慈眼堂《じげんどう》に供養塔がある。

逢坂の関記念公園〔大津市逢坂一丁目〕

「逢坂山關址」の碑が国道一号逢坂山峠にあり、その隣に逢坂の関記念公園がある。

清少納言の歌碑

夜をこめて　鳥のそらねははかるとも　よに逢坂の関はゆるさじ　清少納言

5蟬丸《せみまる》と15藤原定方、清少納言の歌碑（八〇×六〇センチ）が、公園に向かって左端に三基並んでいる。蟬丸の項でも述べたように、草が生い茂っていて、見逃しそうであった（91ページ）。

慈眼堂（大津市坂本四－六－一）

清少納言らの供養塔

和泉式部や紫式部の供養塔とともに、向かって左端に清少納言の供養塔（二一五×七七センチ）がある。三人の中で一番背が高い。詳しくは17和泉式部の項でふれた（173ページ）。

記念公園の歌碑「夜をこめて」

慈眼堂の供養塔。左から清少納言、和泉式部、紫式部

20

歌⑯　**大僧正行尊**《だいそうじょうぎょうそん》

諸共《もろとも》に哀《あはれ》と思《おも》へ山桜花《やまざくらはな》より外《ほか》に知人《しるひと》もなし

歌意　私がお前を見て、しみじみなつかしく思っているように、お前も私をなつかしいものに思ってくれ。山桜よ。こんな山奥では、花のお前以外に心持ちのわかる人はいないのだ。

出典　『金葉和歌集』雑

きまり字　「もろ」の二字

作者　一〇五五～一一三五。三条天皇の皇子敦明《あつあきら》親王の孫で参議源基平《もとひら》の子。一二歳のころ園城寺《おんじょうじ》(三井寺《みいでら》)に入って修行し、山伏修験の行者として諸国をめぐった。白河・鳥羽・崇徳《すとく》三天皇の護持僧《ごじそう》(天子加護のために特設された加持祈禱《かじきとう》の僧職)。

「大みねにて思ひかけず桜のはなをみてよめる」という「金葉集」の詞書《ことばがき》は、この歌を詠《よ》んだ時の心境を如実《にょじつ》に語っている。大僧正行尊は小一条院敦明親王の孫で、十二歳の時園城寺《おんじょうじ》（三井寺）に入って出家した。十七歳になった時、ひそかに寺を出て、名山霊域を跋渉《ばっしょう》し、一介の修験者となって修行をした。西国巡礼の霊場も、行尊によって形式が定まったといわれている。修験道の行者は、身心の病を癒《いや》すことを第一としたから、その功績によって、崇徳《すとく》天皇の保安《ほうあん》四年（一一二三）延暦寺《えんりゃくじ》の座主《ざす》に任ぜられた。

（白洲正子『私の百人一首』）

「大僧正」は僧官の最高位で、「座主」とは特に天台宗では最高の地位にある僧をいう。厳しい修行を経て、大僧正までになったということである。『小倉百人一首』では、僧正として、**歌**⑫の僧正遍昭《へんじょう》「あまつ風」と26前《さきの》大僧正慈円（227ページ）が撰ばれているが、ともに比叡山延暦寺に関係がある。一方、行尊は園城寺長吏《ちょうり》大僧正に任ぜられた。書や琵琶のほか和歌にもすぐれ、大峰修行中の作などは西行の先例として後代から高く評価された。

修験道とは日本古来の山岳信仰と密教の呪《じゅ》法・修行法が習合して成立した実践的宗教。修験者とは修験道の行者。兜巾《ときん》（小さな布製の頭巾《ずきん》）をかぶり、篠懸《すずかけ》という修験道独自の法衣と修験道の山伏がつける袈裟《けさ》をつけ、笈《おい》を負い、金剛杖を持ち、法螺《ほら》を鳴らし、山野をめぐり歩いて修行する者である。

行尊が大峰山（奈良県南部の山。吉野山や熊野山へ続き、古くから修験道が盛んなところ）へ分け入り、激しい修行をしているときに、思いがけず山桜を見て詠んだ歌である。誰に知られることなく、美しく咲き誇る山桜と、誰に知られることなく厳しい修行をする自分自身が重なったのであろうか。

ゆかりの歌碑

大僧正行尊の歌碑が圓満院門跡《えんまんいんもんぜき》にある。

圓満院門跡〔大津市園城寺町三三〕

天台寺門宗総本山園城寺と隣り合った敷地にあるので、その一部かと勘違いしやすいが、圓満院門跡は、寛和三年（九八七）、村上天皇の第三皇子悟円《ごえん》親王によって開創された寺院で、長く園城寺の中枢に位置していたが、現在は単立寺院である。

「門跡」とは、宇多《うだ》天皇が出家して仁和寺《にんなじ》に入ったことに始まるとされ、平安時代以降、皇族・公家の子弟などの住む特定の寺院を指すようになり、しだいに寺格を表す語となった。江戸時代には幕府が宮門跡（法親王が居住

圓満院門跡

する寺院）・摂家門跡（摂関家の子弟が居住する寺院）・准《じゅん》門跡（門跡に準ずる寺院）と区別し制度化した。明治四年（一八七一）にこの制度は廃止されたが、明治一八年（一八八五）になって門跡号の復旧が許可され、現存する門跡寺院は、圓満院や仁和寺のほか、滋賀院、青蓮院、三千院、大覚寺、知恩院、聖護院など一七ヶ寺ある。

大僧正行尊の歌碑

大僧正行尊　もろ友耳《ともに》哀と　思へ山左《さ》くら　花よ里外尔《りほかに》しる　人もなし

駐車場右奥の宸殿《しんでん》（重文）に向かって右角手前に花崗岩の歌碑（一八〇×八〇チセン）がある。昭和六十三年（一九八八）建立。

以前『近江の芭蕉―松尾芭蕉の世界を旅する―』の取材で訪問したときは、行尊の歌碑には気づかなかった。興味の対象が違うとこのようなものだと、またもや実感

圓満院門跡の芭蕉句碑「三井寺の」

圓満院門跡の歌碑「もろ友耳」

する。境内には行尊の歌碑のほかに芭蕉の句碑が二つある。一つ目は不動尊三心殿に登る階段の手前、右側に釣鐘があり、その後ろに「三井寺の門たたかはや　けふの月」の碑。もう一つは不動尊三心殿と遊々館の間のケヤキの古木の左手にある「大津絵の　筆の　はじめは　何佛　はせを」の碑である。

圓満院門跡の芭蕉句碑「大津絵の」

21 歌⑦③ 前中納言匡房《さきのちゅうなごんまさふさ》（大江匡房）

高砂《たかさご》の尾上《をのへ》の桜《さくら》さきにけりとやまの霞《かすみ》たゝずもあらなん

歌意　あの高い山の峰には、桜の花が咲いたことだ。あの花が見えなくなっては残念だから、近い山の霞よ。どうか立たないでほしい。

出典　『後拾遺和歌集』春

きまり字　「たか」の二字

作者　一〇四一～一一一一。大江成衡《なりひら》の子。赤染衛門《あかぞめえもん》（歌⑤⑨やすらはでねなまし物《もの》をさよ更《ふけ》てかたぶくまでの月《つき》を見《み》しかな）の曾孫。後三条、白河、堀河天皇の侍読《じどく（とう）》（天皇に仕えて学問を教授する）を務めた。孫に17和泉《いずみ》式部がいる。

『後拾遺集』の詞書には、「内のおほいまうち君の家にて、人々酒たうべて歌よみ侍《はべり》けるに、遙《はるか》に山桜を望《のぞむ》といふ心をよめる」とあり、純然たる題詠の歌である。「うちのおほいまうち君」は、内大臣藤原師通《もろみち》のことで、その邸《やしき》に集って、酒宴の座興に詠《よ》んだのであろう。大江匡房は、匡衡《まさひら》の曾孫《そうそん》で、代々儒者で聞えた家に生れ、碩学《せきがく》の聞えが高かった。(中略)題詠歌というと、とかく私達はつまらないと思いがちだが、(中略)歌を学ぶためには、時々むつかしい題によって、束縛されることも必要であったに違いない。題の心にかなって、しかも自分の心境が述べられれば、最上の歌詠みとされたのである。

(白洲正子『私の百人一首』)

「碩学」とは修めた学問の広く深いこと、またその人のこと。匡房は幼い頃から秀才という評判を得て、漢学者・詩文家として有名だった。彼の生きた時代は王朝文化の最後の時代であった。ちなみに、藤原師通は藤原道長の曾孫にあたる。匡房は後冷泉《ごれいぜい》・後三条・白河・堀河の四代の天皇に仕えた。用兵・戦術など、兵法に関する学問にもくわしく、有職故実《ゆうそくこじつ》(博識なこと、歴史や文学、朝廷の儀礼によく通じていることをいう)を深く研究して、非常に深いところまで達した。大江家は代々碩学の家ではあるが、そのなかでも匡房はずばぬけてすぐれていた。学者としては今までに例がないほど官位が上がり、前権中納言正二位大蔵卿《おおくらきょう》として生涯を閉じている。したがって、『小倉百人一首』では「前中納言匡房」と表記されている。

「題詠《だいえい》」とは和歌の創作方法の一つで、現実の体験とはかかわりなく、あらかじめ与えられた題によって詠むもの。「題の心にかなって、しかも自分の心境」を述べたのがこの歌だということであろうか。

ゆかりの歌碑

大江匡房の歌碑が、**1**天智天皇ゆかりの人物・額田王《ぬかたのおおきみ》と大海人《おおあまの》皇子の項で紹介した妹背《いもせ》の里（47ページ）に、孫の**17**和泉式部の歌碑（174ページ）と並んでいる。

雪野山史跡広場妹背の里〔竜王町川守五〕

妹背の里の入口を入り、右側に一〇〇《メートル》ほど進むと、小高くなったところに「妹背の像」が立っている。台座に妹背の像と刻された額田王と大海人皇子の像である。その周りの生け垣の間に、右手前から額田王（一三〇×九〇《センチ》）、大江匡房（一三五×八〇《センチ》）、**17**和泉式部、左手前に大海人皇子の歌碑が「妹背の像」を取り囲むように立っている。平成五年（一九九三）に建立された。

大江匡房の歌碑

かもうの、志《し》めの、者《は》ら能《の》　おみ奈《な》えし　野てら尓《に》見《み》須《す》るも　いもが袖布《ふ》利《り》

歌意　蒲生野の標野《しめの》の原に女郎花（オミナエシ）が咲いている。雪野寺に見えているのもあなたが袖を振っているところであるよ。

この歌は、万葉の時代に額田王が詠んだ「あかねさす紫《むらさき》野行き標野行き野守《のもり》は見ず

や君が袖振る」を踏まえていると、白洲正子『近江山河抄』（新潮社、一九九四）の「あかねさす　紫野」の項にあり、表記と語尾が異なるが、この歌を挙げて、次のように述べている。

蒲生野のしめのの原の女郎花野寺に見するいもが袖なり

いうまでもなく、額田王の歌を踏えて詠んでいるが、この歌から察すると、平安時代の野寺は、蒲生野のしめ野を指したようである。（中略）貴重な植物を守るには、だだっ広い野原では無理で、世間から隔絶した、狭隘な土地を必要としただろう。せまいといっても、宮廷人が薬狩をするには手頃な面積で、かりに大海人皇子が袖を振ったとしても、ここなら必ず見ることが出来る。おそらく天皇の行在所は、山の中腹の寺が建っているあたりにあり、額田王がそこから眺めていたとすれば、一幅の絵画になる。（中略）今あげた大江匡房の歌は、たしかに万葉の紫野であったことを示しており、少なくとも平安時代には、未だそういう記憶を止めていたと思われる。その紫草も今はなく、ひと本の女郎花が、額田王の魂のようにゆれているーー匡房はそういう情景を想像して（または実際に見て）、昔を懐かしんだのではないだろうか。

つまり、正子は、この妹背の里・雪野山近くが万葉の時代に額田王と大海人皇子が歌を詠んだ地ではないか、平安時代にはまだそんな記憶をとどめていたので、匡房はそれを踏まえて歌ったのではないかと述べている。

1天智天皇の項で紹介した額田王と大海人皇子の歌碑や像が竜王町にあるのは、こういう背景があってのことだろう。

野てら（野寺）は雪野寺のことで、174ページでも述べたように、現在の雪野山龍王寺のことである。

妹背の里の歌碑「かもうのゝ」

雪野寺こと雪野山龍王寺

22

歌㉔ 源《みなもとの》俊《とし》頼《より》朝《あ》臣《そん》

うかりける人《ひと》をはつせの山下風《やまおろし》はげしかれとはいのらぬ物《もの》を

歌意 私につれなかった人を、どうかしてなびくようにと観音さまに祈ったのに。恋も終わってしまった。初瀬の山おろしよ。私はあの人が私につらく当たるようにとは祈らなかったのに。

出典 『千載和歌集』恋

きまり字 「うか」二字

作者 一〇五五～一一二九。源経信《つねのぶ》（歌㉑夕《ゆふ》されば門田《かどた》の稲葉《いなば》（お）をとづれてあしのまろやに秋風《あきかぜ》ぞ吹《ふく》）の子。子は俊恵《しゅんえ》法師（歌㉕よもすがら物思《ものおも》ふ比《ころ》は明《あけ》やらぬ閨《ねや》のひまさへつれなかりけり）。親子三代で載っている。白河院より命を受け『金葉和歌集』の撰者を務める。歌論書『俊頼髄脳《ずいのう》』を著す。

歌人として名高い人物で、『千載集』『新古今集』の歌風に大きな影響を与えた。多くの歌を遺《のこ》しただけでなく、独特の歌論を持っており、批評家としても尊敬されていた。（中略）この歌は『千載集』恋の部に、「権中納言俊忠《ごんちゅうなごん》の家に、恋十首歌よみ侍《はべり》ける時、いのれどもあはぬ恋といへる心をよめる」という詞書《ことばがき》のもとに出ている。恋の歌も時代が降《くだ》ると、「逢不逢恋」とか、「祈不逢恋」とか、複雑な様相を呈して来る。（中略）（歌は）持って廻った言い廻しであるが、それが当時の人々の好みに合ったので、定家もこの深い心は「まねぶともいひつづけがたく、まことにおよぶまじきすがた也《なり》」と絶賛《ぜっさん》している。三十一文字《みそひともじ》の中に、これだけの意味を籠《こ》めるのは、高級な技術を要したに違いないが、手のこんだ工芸品のように見えなくもない。が、昔の人々は我々とはちがって、「初瀬」といえば、直ちに観音様を想《おも》い、山おろしの烈しさも、身にしみていたことを忘れてはなるまい。

（白洲正子『私の百人一首』）

この歌も前の21大江匡房《まさふさ》の「高砂の」と同じく「題詠《だいえい》」である。しかも時代が降《くだ》って、与えられる題もだんだん難しくなっているが、それに見事に応えていると『小倉百人一首』の撰者・藤原定家がほめている。

俊頼は堀河天皇の時代に歌壇の中心となって活躍した。進歩的で新鮮でいきいきした歌風で、保守派の藤原基俊《もととし》（歌⑮契《ちぎり（お）》をきしさせもが露《つゆ》を命《いのち》にてあはれことしの秋《あき》もいぬめり）と対立した。院政期時代を代表する歌人として知られる。のちに23藤原俊成を通して中世和歌へと引き継がれる。源俊頼は官人としては、大納言に至った父に比べ、才能を持ちながらもめぐりあわせが悪くて世間に認められなかった。退官後、藤原忠通《ただみち》（**歌**76和田《わた》の原《はら》こぎ出《いで》てみれば久堅《ひさかた》のくもゐにまがふ奥津白波《おきつしらなみ》）に目をかけられて活躍し、天治元年（一一二四）には白河法皇の命を受けて『金葉和歌集』の撰定をし、しばしば歌合《うたあわせ》の際に歌や句の優劣・可否などを判定する役もした。晩年、出家した。

また、関白藤原忠実《ただざね》（忠通の父）の依頼により、その娘泰子のための作歌手引書として歌論書『俊頼髄脳』を著した。

ゆかりの地・歌碑・説明板

源俊頼が「野路の玉川」と歌に詠んだ草津市の玉川の歌碑と説明板を紹介する。

萩《はぎ》の玉川跡〔草津市野路《のじ》町〕

野路の地名はすでに平安末期にみえ、『平家物語』をはじめ、多くの紀行文にもその名をみせている。鎌倉時代には、源頼朝が上洛に際し、野路の地に滞在した。瀬田川沿いを宇治方面に抜ける迂回路の分岐点にもあたり、軍事・交通・産業の大切な地点として重視されていた。十禅寺川と東海道が交わる辺りには、日本六玉川の一つとして古くから歌に詠まれた「野路の玉川」（萩の玉川跡）がある。国道一号の南田山の信号から二〇〇メートルほど南東、東海道との交差点を右へ五〇メートルほど行くと、右側に歌碑などがある。

源俊頼の歌碑

あすもこむ　野路の玉川　萩こえて　色なる波に
月やどりけり

歌意　明日も来てみよう、野路の玉川の両岸から川面に一様に萩花が枝垂れてゆれる。その枝先を越える色を湛えた波の上に月が映っているよ。（秋二八一）

出典　片野達郎・松野陽一校註、新日本古典文学大系10『千載和歌集』岩波書店、一九九三

「玉川」と書いた石柱（一二〇×一八センチ）があって、この歌が刻んであると、渡辺守順『近江の文学碑を歩く』（国書刊行会、一九八五）に書かれているものの、実物は判読しにくい。歌碑の奥にある説明板に書かれている歌を記した。

萩の玉川跡の歌碑「あすもこむ」

萩の玉川跡

「野路萩の玉川」の説明板

跡地には金属の説明板が建てられ、源俊頼の歌「あすもこむ」と、『十六夜《いざよい》日記』の阿仏尼の歌「のきしぐれ　ふるさと思う　袖ぬれて　行きさき遠き　野路のしのはら」が紹介されている。説明板の終わりに、次のようにある。

近年は泉も涸れ形も小さくなり、風情は一変した。かつては天下の名勝萩の玉川もわずかに残る沼地となり人々から忘れ去られようとしている時、我等地元住民は、野路の象徴《しょうちょう》であるこの由緒《ゆいしょ》深い玉川を放置するにしのびず、永く後世に伝を残すため、住民の総意により復元を行ない幾分なりとも往時の面影《おもかげ》をとどめることとした次第である。

昭和五十一年十一月二十八日　草津市野路町

また、野路町内会のホームページ「野路の玉川　保存のあゆみ」を見ると、江戸時代の頃から平成の現代まで、地元の人々の働きで大事に遺されてきたことがよくわかる。

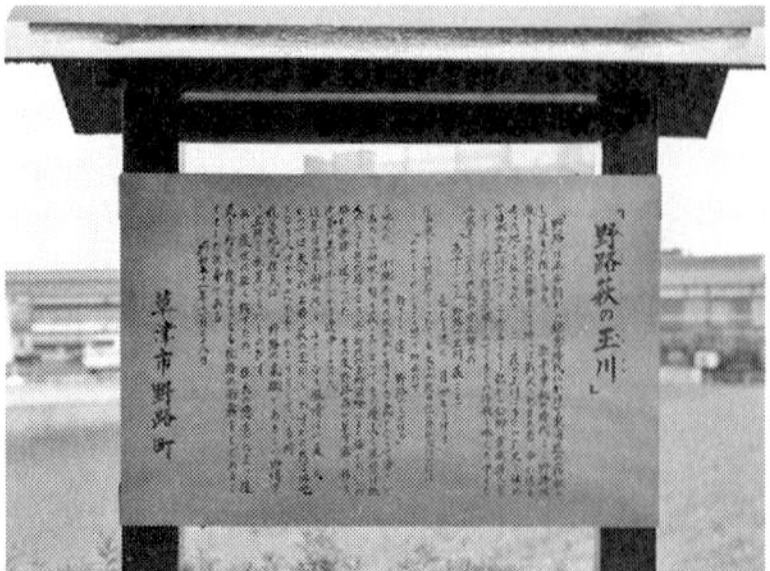

「野路萩の玉川」の説明板

23 歌⑧③ 皇太后宮大夫俊成《こうたいごうぐうのだいぶしゅんぜい》（藤原俊成）

世中《よのなか》よみちこそなけれおもひ入《いる》やまのおくにも鹿《しか》ぞなくなる

歌意　世の中というものはまあ、のがれる道はないのだなあ。深く思いこんで、分け入って来たこの山の奥でも、やはり憂きことがあると見えて、もの悲しく鹿が鳴いているようだ。

出典　『千載和歌集』雑

きまり字　「よのなかよ」の五字

作者　一一一四〜一二〇四。藤原定家の父。二代続く、歌壇の大御所。病を患い、出家。出家後の法名は釈阿《しゃくあ》。後白河上皇の命により『千載和歌集』の撰者となった。後白河上皇の后で皇太后と呼ばれた人に仕えたので、この名が使われている。また、後白河上皇の娘25式子《しょくし》内親王のために『古来風体抄』という歌を論じた書も残している。24西行とは若いときから親しく、俊成が四歳年上である。

いよいよ定家の父、俊成の登場である。この父子《おやこ》が中世歌壇を代表する大きな存在であったのは、事新しく述べるまでもない。（中略）俊成は永久二年（一一一四）、藤原俊忠《としただ》の子に生れたが、十歳の時に父を失った。幼少の折に父親と死別することは、栄達の道を閉ざされることで、それが俊成を和歌の道に向かわせる一つの起因となったと思う。（中略）俊成が一時修理大夫顕季《あきすえ》の養子になり、顕広と称したことは前に記したが、親のない若者が八方手をつくして、歌壇に参加することを願ったのは、想像するだに哀れである。やがて持って生まれた才能に、磨きあげた技術が加わって、三十歳の頃から頭角をあらわす。（中略）六十三歳で出家し、「釈阿《しゃくあ》」と名のってからは、いっそう円熟の境地に至った。（中略）九十一歳まで生きのびて、幸福な生涯を終ったが、百人一首の「世の中よ」の歌は、比較的早い頃の作であるという。

（白洲正子『私の百人一首』）

『小倉百人一首』の歌人の中で一番長生きしたのが、道因法師《どういん》（**歌**82思《おも》ひわび扨《さて》もいのちはある物《もの》をうきにたへぬはなみだなりけり）か、俊成かといわれている。道因法師は九〇歳で歌合に出席した記録が残っているが、没年不詳のためはっきりとしない。俊成が九一歳まで生きていたというのは、平均寿命が延びた現代と比較してもすごいことである。息子の定家も八〇歳まで生きた。

父に早く死なれ、苦労して歌に精進したので、才能のある人を切り捨てるのにはしのびなかったのであろうか。『平家物語』巻七に、平忠度《たいらのただのり》が自作の和歌を俊成に預けて都落ちした記述がある。その歌は、のちに俊成が編集した『千載和歌集』に「よみ人しらず」として収められたと次のように記されている。

そののち、世静《よしづ》まつて『千載集《せんざいしふ》』を撰《せん》ぜられけるに、忠度《ただのり》のありし有様《ありさま》、言《い》ひ置《お》きし言《こと》の葉《は》、今更思《いまさらおも》ひ出《い》でて、あはれなりけり。件《くだん》の巻物《まきもの》の中《なか》に、さりぬべき歌幾《うたいく》らもありけれども、その身勅勘《みちょくかん》の人《ひと》なれば、名字《みやうじ》をば顕《あらは》されず、故郷《こきやう》の花《はな》といふ題《だい》にて、詠まれたりける歌一首《うたいっしゅ》ぞ、読人《よみひと》知らずと入《い》れられたる、

さざなみや志賀《しが》の都《みやこ》は荒《あ》れにしを昔《むかし》ながらの山桜《やまざくら》かな

その身朝敵《みてうてき》となりぬる上《うへ》は、子細《しさい》に及《およ》ばずといひながら、恨《うら》めしかりし事《こと》どもなり。

（口語訳）その後、戦乱《せんらん》が治《おさ》まり、俊成《しゅんぜい》が『千載和歌集《せんざいわかしゅう》』を編集《へんしゅう》した際《さい》に、あの忠度《ただのり》の面影《おもかげ》や遺言《ゆいごん》が、ありありと思《おも》い出《だ》されて、心《こころ》を強《つよ》く揺《ゆ》り動《うご》かされた。そこで、

あの巻物《まきもの》には秀歌《しゅうか》がたくさんあるけれども、故郷《こきょう》の花《はな》という題《だい》で詠《よ》んだ歌一首《うたいっしゅ》だけを、天皇《てんのう》のお咎《とが》めを受けた人間《にんげん》だから、姓名《せいめい》を記《しる》さずに「よみ人しらず」として入《にゅう》集《しゅう》した。その歌は

古《ふる》き都《みやこ》、志賀《しが》の都《みやこ》は荒《あ》れ果《は》てたのに、昔《むかし》のままに美《うつく》しく咲《さ》いている長良山《ながらやま》の山《やま》桜《ざくら》よ

本人《ほんにん》が朝敵《ちょうてき》（国賊《こくぞく》）となってしまった以上《いじょう》、とやかく言《い》っても始《はじ》まらないが、匿名《とくめい》の一首《いっしゅ》というのは、なんとも寂《さび》しいかぎりである。

（角川書店編『ビギナーズ・クラシック　平家物語』角川ソフィア文庫、二〇〇一）

藤原俊成ゆかりの平忠度の歌碑

藤原俊成ゆかりの地や歌碑は近江にはないが、彼が平忠度の歌を『千載和歌集』に残してくれなければ、近江を詠んだ歌が今に伝わっていなかったのかと思うと、心から感謝したい。俊成ゆかりの歌碑として忠度の歌碑が大津市内に三基ある。

長等《ながら》公園桜ヶ丘広場〔大津市小関町〕

長等公園は、明治三五年（一九〇二）県下最初の公園として開園した。公園奥の長等山不動明王の左横の階段からつづら折りの山道を一八〇メートルほど上ると、桜ヶ丘広場に出る。ここから琵琶湖と市街の絶景が眺められ、その横に歌碑がある。

平忠度の歌碑①

さゝ浪や志可能美邪古野《しがのみやこの》　阿連《あれ》にし乎無可之難可《をむかしなか》らの　山散《やまさ》くら閑南《かな》　戊申《つちのえさる》
夏日　従二位藤原朝臣正風書

碑は見上げるほど高く、非常に立派なものだ（二五五×一二五センチ）。「戊申」とは明治四一年（一九〇八）のことで、裏には「大正三年六月建設　大津市」とある。『大津の碑』（大津市役所、一九八六）に「碑文の揮《き》毫《ごう》は、明治天皇の御歌所所長高崎正風《まさかぜ》。明治四十一年来津したとき、長等の桜顕彰のための歌碑建設を聞き、染筆したものである」とあった。変体仮名が使われ、

長等公園桜ヶ丘広場の歌碑「さゝ浪や」

案内板もないので、これは何かわからない人が多いだろう。しかも上り坂もきつい。そこで、次の碑ができた。

長等神社〔大津市三井寺町四―一〕

長等公園入口から北方に一〇〇《メートル》ほど進むと、長等神社がある。社伝によると、もとは長等山の岩座《いわくら》谷に祀られ、天智天皇の大津京造営のとき新京の鎮守になったという。のち貞観二年（八六〇）、智証大師（円珍）が日吉神を勧請し園城寺（三井寺）の鎮守神とした。天喜二年（一〇五四）に現在の地に移り、明治十五年（一八八二）から長等神社となった。楼門は明治三八年（一九〇五）の完成だが、中世の古い様式が細部にわたり見事に生かされている。全国的にも類例の少ない五間社流《ごけんしゃながれ》造りの本殿、それを取り囲む回廊など、見どころの多い神社である。

平忠度の歌碑②

さゝ浪や志可能美耶古野《しがのみやこの》　阿連《あれ》にし乎無可之《をむかし》
難可《なか》らの　山散《やまさ》くら閑南《かな》　従二位藤原朝臣正
風書

長等神社の歌碑「さゝ浪や」

昭和五七年（一九八二）の「長等神社鎮座千参百年大祭」を記念して建立された碑（一三五×一三〇《センチ》）である。長等公園桜ヶ岡広場の碑の縮小版で、同じ字を使っている。歌碑の横の説明板に「さざなみや　志賀の都は荒れにしを　昔ながらの山桜かな」という現代表記に続いて、長等山の山上にある歌碑①をより多くの人々に見ていただくために、それを模して建てた旨が書かれている。

大津京シンボル緑地（大津市錦織二－九）

ＪＲ湖西線大津京駅から北西へ一《キロ》ほど、京阪電鉄近江神宮駅から県道四七号を北へ六〇〇《メートル》ほど行くと、右手に大津京シンボル緑地がある。「史跡近江大津宮錦織遺跡」という説明板が立っているところが遺跡の北端で、駐車場になっている。

大津京シンボル緑地の歌碑「さざ浪や」

平忠度の歌碑③

さゞ浪や志賀のみやこはあれにしを　むかしながらの山ざくらかな　平忠度

平成一八年（二〇〇六）に大津市観光振興課が建立した碑（一二〇×八四㌢）。グレーの御影石に彫られ、読みやすくわかりやすい字体であるが、現代風すぎて味がない気もする。同じ時期に大津市が建てた1天智天皇の歌碑（39ページ）と2柿本人麻呂の歌碑（61ページ）もある。

24

歌 ⑧⑥　西行法師《さいぎょうほうし》

歎《なげ》けとて月《つき》やは物《もの》をおもはするかこちがほなるわがなみだかな

歌意　嘆けといって月がもの思いをさせるのであろうか。いやそうではない。それなのに、それを月のせいにして、恋しくなつかしく恨めしくこぼれ落ちるわが涙であることよ。

出典　『千載和歌集』恋

きまり字　「なげけ」の三字

作者　一一一八～一一九〇。俗名・佐藤義清《さとうのりきよ》。武家に生まれ、鳥羽上皇に北《ほく》面《めんの》武士（平安時代、院の御所の北面にいて、院中を警固した武士）として仕える。二三歳で出家後、円位《えんい》あるいは西行と号して諸国をめぐった。花月を主とする自然美へのあこがれと、その心のあり方を深く見つめた作品が多い。

西行法師にはいい歌が沢山あるのに、何故《なぜ》これを選んだかと、私はいつも不満に思っていた。が、改めて味わってみると、一字もおろそかにしていない充実した調べである。西行も自信を持っていたようで、自選の歌を集めた「御裳濯川歌合《みもすそがわうたあわせ》」にえらび、俊成は「こころふかく姿優なり」という判詞を与えている。(中略)二十三歳の時に出家して、高野、吉野、熊野《くまの》、伊勢などを巡歴し、東北地方まで行脚《あんぎゃ》した後、建久《けんきゅう》元年(一一九〇)二月、河内の弘川寺で亡《な》くなった。桜の花を愛し、桜を詠《よ》んだ歌が多い。(中略)願はくは花の下にて春死なん　そのきさらぎの望月《もちづき》のころ

(白洲正子『私の百人一首』)

保延《ほうえん》元年(一一三五)、一八歳で左兵衛尉《さえもんのじょう》(左兵衛府の第三等官)に任ぜられ、同三年に鳥羽上皇北面武士としても奉仕していたことが記録に残る。佐藤家は平将門を討伐した藤原秀郷《ひでさと》(俵藤太《たわらのとうだ》)の子孫で、彼の実家はかなり裕福だったらしい。恵まれた家庭環境から か、若い頃から和歌や有職故実《ゆうそくこじつ》に通じ、武芸の腕前も抜群と非のうちどころがなく、将来を期待されていた。有職故実とは官職位階や宮殿殿舎、服飾、武具、年中行事、典礼などに関する研究をいう。先例典拠を重んじる伝統主義的なものの考え方に基づき、平安時代以後、貴族社会において重要視され、貴族の教養の一つとされた。

しかし、二三歳のとき突然出家した。その最も有力な理由は、親しかった友人が突然病で亡くなり、世の中の無常を悟ったという「友人の急死」説である。また、高貴な女

性との失恋が原因で出家した「失恋説」も知られる。その相手として特に有名なのが、鳥羽上皇の中宮・待賢門院《たいけんもんいん》璋子《しょうし》である。璋子は西行より一七歳年上なので、璋子のライバルで西行より一歳年上の美福門院得子《びふくもんいんとくし》を相手とする説などもあるが、本当のところはわからない。

出家直後は俗世間を逃れて鞍馬などの京都北麓に静かに住み、その後、先輩の能因法師（**歌(69)**あらし吹三室《ふくみむろ》の山《やま》のもみぢば、竜田《たつた》の川《かは》のにしきなりけり）の後を追い歌枕を回りながら歌を詠み、その名声は出家前にも増して高まった。天養《てんよう》元年（一一四四）二七歳ごろ奥羽地方へ初めての旅をした。久安《きゅうあん》四年（一一四八）前後に高野山（和歌山県高野町）に入り、仁安《にんあん》三年（一一六八）に中国・四国へ旅した。このとき善通寺（香川県善通寺市）でしばらく庵を結んだらしい。のち高野山に戻るが、治承《じしょう》元年（一一七七）に伊勢二見浦へ移った。文治《ぶんじ》二年（一一八六）、平重衡《たいらのしげひら》の焼き討ちで消失した東大寺を再建する高僧・重源《ちょうげん》に協力し、復興のために必要な寄付金を募るため再び奥州へ下る。このことについては、[15]藤原実方《さねかた》の項の西行の歌碑のところでも述べた（158ページ）。この際、西行は平泉の奥州藤原氏当主・藤原秀衡《ひでひら》や、源頼朝とも対面した。かなり顔が広かったことが推察される。その後、伊勢に数年住んだ後、河内弘川寺（大阪府南河内郡河南町）で建久元年（一一九〇）に亡くなった。

西行は月と花をとても好んだ。その半生はちょうど平氏が急激に勢力を増して栄え、栄華を誇り、やがて滅んでいった時代に当たっている。さまざまな生き地獄を見てきた彼が、正子の解説の最後にある歌「願はくは（できることならば咲き乱れる満開の桜の下で死にたいものだ。お釈迦様が亡くなった二月の一五日、満月の頃に）」と詠んだその願い通りに亡くなった。その生きざまが、27藤原定家や26慈円《じえん》らの感動と共感を呼んだ。後鳥羽上皇をはじめとして宗祇・芭蕉にいたるまで、西行にあこがれる人はたくさんいた。

例えば、芭蕉は『おくのほそ道』の「蘆野の柳　西行の遊行柳」の項で、西行が「道のべに清水流るゝ柳かげしばしとてこそ立ちどまりつれ」と詠んだ有名な柳を訪ねている。

ゆかりの地・歌碑・伝説

米原市の朝妻湊《あさづまみなと》跡公園入口の「朝妻湊趾」の碑の左に自然石の西行歌碑がある。

朝妻湊跡〔米原市朝妻筑摩〕

米原市の天野川河口の南は筑摩、北は朝妻である。北側の朝妻湊は、東山道と北国《ほっこく》街道の分岐点に近いため、湖上交通の要衝でもあり、奈良時代から江戸時代に至るまで重要な役割を果たしてきた。説明板に「奈良時代、筑摩付近に大膳職御厨（朝廷の台所）がおかれ、都へ北近江、美濃、信濃国等から朝廷に献上品、税物、また木材、食糧等と合せて役人、商人などを運ぶため定期便が大津、坂本港へ出ていた。（中略）慶長十八年《ママ》

（一六一二年《ママ》）北村源十郎が米原港（元ＪＲ米原駅付近）を開設。米原、松原、長浜港は、彦根三港といわれ栄えていく中、朝妻湊は廃止となり、その古い歴史を閉じた。また、明治十八《ママ》年（一八八六年《ママ》）米原に鉄道が敷かれるにあたり、米原港も廃止され、古くからの湖上交通も鉄道という陸上交通に引き継がれることとなった」と詳しく記されている。

　西行をはじめとして、一条兼良、織田信長、豊臣秀吉らがこの湊を利用したと記録にある。西行が全国を歩き回ったとき伊吹を見て詠んだと考えられる歌碑（一一〇×九〇《センチ》）が公園の入口にある。

朝妻港址碑

西行の歌碑

おほつかな　伊吹おろし　の　風先に　あさ妻舟能《の》　あひや　しぬらん　西行

歌意　気がかりなことだ、伊吹山から吹きおろす烈しい冬の風の向く先に朝妻舟は今頃もしや出会っているのであろうか。（一〇〇五）

出典　風巻景次郎校注、日本古典文学大系29『山家集　金槐和歌集』岩波書店、一九六一

裏には何も書かれていないので、建てられた経緯はわからなかった。碑の五〇㍍《メートル》ほど先の世継橋から、伊吹山がくっきりと見える。「伊吹おろし」がダイレクトに吹き降ろしてくる場所だと実感される。

朝妻湊跡の歌碑「おほつかな」

25 歌⑧⑨ 式子内親王《しょくしないしんのう》

玉《たま》のをよ絶《たえ》なば絶《たえ》ねながらへば忍《しの》ぶることのよはり（わ）もぞする

歌意　私の命よ。絶えるならば絶えてしまえ。生き永らえていると、忍ぶことをできなくなり、心が外に現れるかもしれないのだから。

出典　『新古今和歌集』恋

きまり字　「たま」の二字

作者　一一四九～一二〇一。後白河天皇の第三皇女。賀茂斎院《かものさいいん》として、平治《へいじ》元年（一一五九）から一〇年間、賀茂神社に奉仕。のちに出家した。藤原俊成《しゅんぜい》に師事し、俊成の子・定家とも深い交流があったといわれている。

式子内親王と西行法師の作風が似ているといったら語弊があるが、内面的な苦悩を、独自の形で謳《うた》ったところに、何か共通のものが感じられる。似ているのはその点だけで、自然の中に生きた西行が、次第に心を開いて行くのに反して、内親王の想《おも》いは、深い孤独の暗《やみ》に沈殿《ちんでん》し、そこに生活の原理と、和歌の発想を見出《みいだ》している。

> 単に男と女の違いだけではあるまい。賀茂《かも》の斎院という特殊な地位に加えて、持って生れた資質が、内親王を独白の暗室に閉じこめ、忍従の生活の中から、身をよじるような絶唱が生れた。（中略）式子内親王は、後白河天皇の第三皇女で、平治《へいじ》元年（一一五九）斎院に卜定《ぼくじょう》され、賀茂の社に十年ほど奉仕し、退下された後は独身のままで終った。
>
> （白洲正子『私の百人一首』）

「深い孤独の暗」「独白の暗室」「忍従の生活」とは、次のような出来事が原因であると考えられる。嘉応元年（一一六九）に病気を理由に賀茂斎院をやめてから、承安元年（一一七一）妹の休子が亡くなり、続いて治承元年（一一七七）、母が亡くなった。同四年には弟の以仁王《もちひとおう》が平氏打倒の兵を挙げて敗死した。建久元年（一一九〇）頃、出家。同三年（一一九二）、父後白河天皇が亡くなる。身内の死、平家の滅亡、京の兵乱、それに加えて火災、大地震、大飢饉とすさまじい荒廃の中を内親王は生きた。多感な若い歌人の感受性を、研ぎ澄まさざるを得なかったことは想像できる。

また、俊成の子の27藤原定家の恋人だったという説があるが、本当のところはわからない。定家の書いた日記『明月記』には、定家がしばしば御所を訪れたことが記され、病がちの内親王に心を砕き、歌の添削なども行っていたようである。このような背景から能『定家』となって、のちの世に伝えられた。

能の内容は、旅の僧が都の千本《せんぼん》辺りで時雨《しぐれ》に遭い、偶然見かけた四阿《あずまや》で雨宿りする。するとそこに若い女が現れ、ここは藤原定家の建てた「時雨の亭《ちん》」であると教え、僧を式子内親王の墓に案内する。女は内親王と定家の禁じられた恋のいきさつを語った後、死後も定家が式子内親王に心引かれ、強くそれにこだわって、内親王の墓に葛《かずら》となってまとわりついているのだと告げて消えていく。後半、墓前で僧が読経していると、地獄の責め苦のために見る影もなくやせてしまった内親王の霊が現れる。内親王は苦痛がやわらいだと読経の礼を述べ、舞いを舞って墓の中にもどっていく。経文の功徳でいったんはほどけた葛が再びまとわりつき、墓を覆い隠してしまう。

生涯独身で、社会の秩序が乱れ、あわただしい世の片隅で、ひっそりと歌を支えに生きてきた内親王は、和歌を定家の父23藤原俊成に学び、憂い、悲しみに満ち、情熱を内に秘めた気品の高い作品を残した。

ゆかりの地・歌・みたらし団子

式子内親王が唐崎神社へ参拝した時に詠んだ歌と、初句「みたらしや」とゆかりのある「みたらし団子」を紹介する。

唐崎神社（大津市唐崎一丁目七－一）

歌の詞書にある「辛崎」は「唐崎」のことで、唐崎神社については、16右大将道綱母で紹介した（163ページ）。式子内親王が唐崎神社の祓えの次の日に詠んだ歌がある。

式子内親王の歌

賀茂のいつき《（斎）》かはり《（変）》給ふて後からさき《（唐崎）》のはらへ《（祓）》侍《（はべり）》ける
又の日双林寺《さうりんじ》のみこ《（皇子）》のもと《（許）》より、昨日はなに《（何）》事かなど、
侍《（はべり）》ける返事につかはさ《（遣）》れける

みたらしや影絶《（たえ）》はつる心ちしてしがの浦ぢ《（路）》に
袖《そで》ぞぬれ《（濡）》にし

歌意　御手洗川にうつる我身の姿がすっかりなくなってしまった心地がして、〈斎院をおりてしまって〉、志賀の浦路において涙で袖が濡れることよ。〈賀茂の斎院を変わりなさって後、唐崎での祓えがございました次の日、双林寺の皇子《みこ》の所から、昨日は何事（があったのです）かなどとございました返事におつかわしになった（歌）〉

（三〇七）

唐崎神社の松

出典　小田剛『式子内親王全歌新釈』親典社、二〇一三

歌の師である藤原俊成が撰した『千載和歌集』に、式子内親王の歌の中で最も早い時期に詠まれたものが九首入っている。そのうちの一つがこれである。

平成二九年（二〇一七）一〇月一一日に取材したときに、松を切っている音がした。松の柵に次のような文がぶら下げてあった。

今年春頃より『松』が枯れて、異常が見つかり、樹木医の指導の下対処してきたが、樹勢が衰えその影響がほぼ半分近くまで達し（後略）

その対策に非常に苦慮された末、松の一部を切り落とさねばならない歴史的瞬間に立ち会った。

近江のみたらし団子　寺田物産（大津市唐崎一丁目八－一）

「御手洗《みたらし》」とは神仏を拝む前に参拝者が手や口を洗い清める所であるが、16道綱母で紹介した「みたらし祭」（164ページ）は「御手洗」に由来している。下鴨神社と並んで唐崎神社が「みたらし団子」の発祥の地ともいわれている。

鳥居の前で販売されている「近江のみたらし団子」は、国内産のお米を使って一つずつ手作りしている。焦げ目をつけた焼きたての団子と、つぎ足しつぎ足しした伝統のたまり醤油のたれが香ばしい。「無添加なので保存がききません。できるなら、熱いうちに食べて」との声に促されて、あっという間に味わった。このうえなく幸せな時間であった。格調の高い式子内親王の歌で「みたらし団子」というのも申し訳ないが、おいしいのには昔も今も変わりはない。

みたらし団子

26 歌⑮ 前大僧正慈円《さきのだいそうじょうじえん》

おほけなく浮世《うきよ》の民《たみ》におほふ哉《かな》わがたつ杣《そま》にすみぞめの袖《そで》

歌意　身の程もわきまえずに法《のり》の師としてこの世の人々におおいかかることであるよ。比叡山に住みついて、着しているこの墨染の袖が。

出典　『千載和歌集』雑

きまり字　「おほけ」の三字

作者　一一五五〜一二二五。関白藤原忠通《ただみち》（**歌⑯**和田《わた》の原《はら》こぎ出《いで》てみれば久堅《ひさかた》のくもゐにまがふ奥津白波《おきつしらなみ》）の子。摂政関白九条《くじょう》兼実《かねざね》の弟。一一歳で比叡山に入り、一三歳で出家した。史論書『愚管抄《ぐかんしょう》』を著した。

父親が亡《な》くなった後、十一歳で比叡山《ひえいざん》に入った。『愚管抄《ぐかんしょう》』の著者として有名だが、（中略）ふつうの貴族出の僧侶《そうりょ》とはちがって、真剣に修行に専心した。入山すると、直ちに「千日行」を志し、行者の修行場である無動寺で、苦行の生活に入ったという。（中略）政変が起る度に、四度も天台座主になったが、九条摂政家の一員として、政治に関与する機会も多かった。が、あくまでも慈円は僧侶であり、仏法のためにつくすかたわら、当代一流の教養人として、和歌の世界でも活躍した。

（白洲正子『私の百人一首』）

慈円も前項の式子《しょくし》内親王と同じく、秩序が乱れ戦乱や騒動などの絶えない世の中に生きた人であった。忠通の晩年の子で、一〇歳のとき死別している。出家してから志した「千日行」は「千日回峰行《かいほうぎょう》」ともいい、七年間かけて行なわれる。現代では、一年目から三年目までは、一日に三〇キロの行程を年間一〇〇日間歩く。定められた礼拝の場所は二六〇ヶ所以上もある。四年目と五年目は、同じく三〇キロをそれぞれ二〇〇日。ここまでの七〇〇日を達成した後、九日間の断食・断水・不眠・不臥《ふが》の「堂入り」に入り、不動明王の真言を唱えつづける。六年目は、これまでの行程に京都の赤山禅院《せきざんぜんいん》への往復が加わり、一日約六〇キロの行程を一〇〇日。七年目は二〇〇日を巡る。前半の一〇〇日間は「京都大廻り」と呼ばれ、比叡山中のほか、赤山禅院から京都市内を巡礼し、全行程は八〇キロにもおよぶ。最後の一〇〇日間は、もとどおり比叡山山中三〇キロを巡り達成される。

　このように厳しい「千日行」を為し遂げようとした慈円は「ふつうの貴族出の僧侶」ではなかったことがよくわかる。平成二九年（二〇一七）九月、記録に残る比叡山焼き討ち（元亀二年〈一五七一〉）以降五一人目の千日回峰行達成との新聞記事が出た。四五〇年余りの間に五一人ということは、なかなか達成できるものではないことがわかる。慈円が達成したかどうかは記録としては残っていないが、それを真剣に目指した慈円であったことを覚えておきたい。

また、承久の乱（朝廷方が後鳥羽上皇を中心に皇権回復を目的として討幕の兵を挙げたものの、鎌倉幕府軍に鎮圧された事件）が起こる前年の承久二年（一二二〇）年に著した『愚管抄』の中で慈円は、神話の時代から順徳天皇までの歴史をまとめ上げ、28後鳥羽院とは反対の立場をとって、貴族の世が衰退して武士が台頭するのも道理に基づく時代の流れと評している。

順徳天皇とは、順徳院（歌⑩百敷《ももしき》やふるき軒端《のきば》のしのぶにもなほあまりあるむかし成《なり》けり）のこと。慈円の兄の兼実が親幕府派だったとはいえ、旧来の寺社勢力の頂点に立つ彼が、貴族の世が衰え武士が勢いを増してくるような考えを抱いているところからも、その高い観察力と洞察力を推し量ることができる。平清盛の栄華や源実朝の暗殺などによる鎌倉の混乱の描写は、フィクション性の強い軍記物語『平家物語』や、北条氏に都合よく編集された『吾妻鏡』より、『愚管抄』の方が信頼性は高いとされる。

これらを踏まえて、この歌をもう一度見てみると、僧職にある人の歌にふさわしい、困難にくじけない堂々たる強い意志を持った歌である。宗教家の信念や抱負が示されており、伝教大師・最澄の歌「阿耨多羅三藐三菩提《あのくたらさんみゃくさんぼだい》の仏たち我が立つ杣に冥加《みょうが》あらせたまへ」の「我が立つ杣」に影響を受けている。

ゆかりの地・歌碑

慈円の修行した比叡山延暦寺東塔《とうどう》にある無動寺《むどうじ》明王堂と、文殊楼《もんじゅろう》前の歌碑を紹介する。

無動寺明王堂〔大津市坂本本町四二二〇〕

無動寺谷は、比叡山の最も南にあることから「叡南《えなみ》」「南山」とも称される。無動寺谷には明王堂・建立院・大乗院・法曼院・弁天堂などがあるが、無動寺という寺はない。千日回峰行の拠点である。坂本ケーブル比叡山上駅を下りて左、鳥居をくぐり、無動寺谷に続く坂道をどんどん下って行くと、七〇〇《メートル》ほど先に無動寺明王堂がある。途中、参拝を終えて少ししんどそうに坂を上ってくる人々や、作務衣を着た若い修業僧に出会う。手前に弁天鳥居があり、下ると弁天堂へ至る。下りずにまっ

延暦寺の無動寺明王堂

すぐに進むと、左上に明王堂が見える。明王堂に着いた途端、パッと霧が晴れたように感じた。何かの準備で寺の方が二人忙しくしておられたので、本尊は拝観できなかったが、静かに合掌して堂を出た。こんなところで慈円が修行をしたのだ。

文殊楼〔大津市坂本本町四二二〇〕

文殊楼は比叡山延暦寺東塔の根本中堂の正面東側に位置する堂である。一行三昧院《いちぎょうざんまいいん》とも称されている。円仁《えんにん》によって建立され、貞観六年（八六四）に完成。その後何度も焼失したが、現在の建物は寛文八年（一六六八）のもので、大津市の指定文化財となっている。慈円が亡くなってから贈られた号「慈鎮和尚」と刻まれた碑がある

慈円の歌碑

慈鎮和尚　おほ介《け》なくうき世能《よの》　民耳於本ふ可那《たみにおほふかな》

王《わ》が　多《た》つ杣に墨染の袖

文殊楼の周りには石碑がたくさん立っていて、探すのに少し手間取った。右手に一隅会館を見て、根本中堂に

延暦寺の文殊楼

下りる道を過ぎると左手に上っていく石段がある。上り切った右側に歌碑（一七〇×一五〇センチ）がある。裏に「慈鎮和尚（前大僧正慈円）歌碑　小倉百人一首第九十五番　平成十二年七月吉祥日　京都下鴨　日比野光鳳書　和歌山県吉備町　近藤清一寄贈」とある。この碑のほか、6小野篁《おののたかむら》の碑が平成一一年（一九九九）に、9文屋《ふんやの》康秀と10文屋朝康親子の碑が平成一四年（二〇〇二）に同じ書家・寄贈者によって建立されたことがわかった。こういう方々がおられるからこそ、碑が後世まで残っていくのだとわかる。

文殊楼前の歌碑「おほ介なく」

27 歌⑰ 権中納言定家《ごんちゅうなごんていか》（藤原定家）

こぬ人《ひと》をまつほの浦《うら》の夕《ゆふ》なぎにやくやもしほの身《み》もこがれつゝ

歌意　待てども待てども来ない人を待って、あの松帆の浦の夕なぎの海べに焼く藻塩ではないが、身も心も恋いこがれつつ、私にはせつない毎日がつづくのです。

出典　『新勅撰和歌集』恋

きまり字　「こぬ」の二字

作者　一一六二～一二四一。藤原定家は、23藤原俊成《しゅんぜい》の子。父について和歌を学び、精進を重ねた。『新古今集』撰者の一人。『小倉百人一首』の撰者とされている。治承四年（一一八〇）十代から書き続けた日記『明月《めいげつ》記《き》』は死ぬまで書き続けられたという。

百人一首の選者として、今まで詠《よ》んだ無数の歌の中から、ただ一首をえらぶことは、非常にむつかしい事だったに違いない。それだけに晩年の定家の心境がうかがわれると同時に、殆《ほと》んど歌を詠まなくなった人の公平な判断を知ることが出来る。この歌は見かけよりずっと手のこんだ作で、「松帆の浦」に待つをかけ、海人《あま》の塩焼く煙に、身をこがす想いを重ねている。夕凪《ゆうなぎ》の静けさと、人を待つ焦燥感を対照的に謳《うた》いあげ、言外に恨めしく悲しい気持まで籠《こ》めてある。（中略）別言すれば、定家のすべてがこの一首に圧縮されているといっても過言ではない。

（白洲正子『私の百人一首』）

定家には兄も姉も一〇人以上あり、妹が一人あった。一説には全部で二二人ともいう。しかし、いずれも和歌の才能はあまりなく、跡継ぎになるような器ではなかったらしく、そのため父の俊成は甥の定長を跡取りとして歌道を継がせようとしていた。ところが、四九歳のとき生まれた定家に素質があることを確認したことで、定長は身を引いて出家し、寂連《じゃくれん》（**歌**87村雨《むらさめ》の露《つゆ》もまだひぬ真《ま》木のはに霧《きり》たちのぼるあきのゆふぐれ）と称した。『新古今和歌集』に収録されている歌のうち、「秋の夕暮」が結びにある三首の優れた歌は「三夕《さんせき》の和歌」と呼ばれ、寂連の「さびしさはその色としもなかりけり真《ま》木立つ山の秋の夕暮《ゆふぐれ》（四−三六一）」と、**24**西行（２１５ページ）の「こころなき身にも哀《（あはれ）》はしられけりしぎ立つ沢《さは》の秋の夕暮《ゆふぐれ》（四−三六二）」、定家の「見わたせば花も紅葉もなかりけり浦のとまやの秋の夕暮《ゆふぐれ》」が入っている（田中裕・赤瀬信吾校注、新日本古典文学大系11『新古今和歌集』岩波書店、一九九二）。

定家は一四歳のとき、はしかにかかり、一六歳のときには天然痘にかかり、いずれも生死の境をさまよった。顔にあばたが残り、終生、呼吸器性疾患、神経症的異常に悩まされたという。しかし、定家は病弱ながら八〇歳まで生き、父の俊成の享年は九一、息子の為家も七九と、家系的に珍しく長寿であった。

息子為家の母・藤原実宗女《さねむねのむすめ》は、西園寺公経《きんつね》（歌⑯入道前太政大臣《にゅうどうさきのだじょう》、花《はな》さそふあらしの庭《には》の雪《ゆき》ならでふり行《ゆく》ものは我身《わがみ》なりけり）の姉にあたる人で、その妻の縁によって定家は非常に恩恵を受けている。公経は源頼朝の妹を妻として、幕府側の公家として承久の乱（一二二一）後は非常に権力を持った。『新古今和歌集』の撰者の一人の定家と28後鳥羽院との間には、互いに自分の意見を強く主張して譲らず不和が生じたが、後鳥羽院が承久の乱で隠岐《おき》へ流されたので、定家にとって非常に有利に働き、仕事がやりやすくなった。

百人一首全体の構造を見ると、冒頭が天智・持統天皇の親子ペア、次が宮廷歌人の人麻呂・赤人ペアで始まり、最後には、宮廷歌人の定家・家隆（歌⑱風《かぜ》そよぐならの小川《をがは》の夕《ゆふ》暮《ぐれ》は御祓《みそぎ》ぞ夏《なつ》のしるしなりける）、後鳥羽・順徳天皇で閉じる。この構造からいえば、定家は自分を人麻呂と家隆を赤人と、対応させていることになる。

ゆかりの地・歌碑・塚・寓居跡・墓

比叡山の安楽律院に定家の歌碑と爪塚、米原市藤川に定家の寓居跡と墓碑がある。

安楽律院〔大津市坂本本町四二三九〕

西教寺前の県道四七号を北上し、比叡山千日回峰行ゆかりの飯室谷《いむろだに》不動堂から七〇〇メートルほど行くと、「左安楽律院」という案内板がある。車で行けるのはここまでで、そのまま進むと、雄琴へ三・五キロと書かれた表示や「安楽律院」と彫られた石標もある。三〇〇メートルほどゆるい上り坂を進むと山門に着く。山門の前には、飯室谷不動堂からの続く別ルートの山道が石段となって下りているのが見える。取材に同行していただいた中山辰夫さんの安楽律院についての文章（『庭』一六九号、建築資料研究社、二〇〇六）には、不動堂からその表参道を歩き、石段の上から見た風景が次のよう

安楽律院

安楽律院山門前の石段

に記されている。

足元から眼下を覗けば谷底に向って、幅広な石段が緩やかなカーブを描いてかなり先の山門まで続いているのが見える。凄い石段の流れだ！　この石段が安楽谷に被っていたなんて、まさかと疑った。何故こんな山奥に石段が……。花崗岩（一辺が六〇センチメートル前後）の割石を山門までかなり長い距離ゴツゴツ並べている。全部で九十五段ある石段の中央部に五十センチメートル程の石が下まで一段毎に二個丁寧に並び、石畳風に積み上げ、石畳が石段の曲線を鮮明にし、優美に映している。こんな山奥にそぐわないほど珍しい造りだ。

山門から七七段上るとやや高い位置にある台地が本堂跡で、幅約一五メートル、長さ約六〇メートルの伽藍の後ろには、礎石とその周囲を囲む石段だけが残っていた。大津市の案内板には、

安楽谷は横川飯室谷の別所である。恵心僧都なども隠棲したところであったが、江戸中期に妙立、霊空らがきびしい戒律主義を唱導し、その一門を安楽律とよびここに住した。律院はおしくも放火でほとんど失った。ここには比叡山を愛した藤原定家の碑、爪塚などがある。

とある。案内板にはっきり「放火」と書かれているのは珍しい。昭和二四年（一九四九）放火により焼失し、本堂跡の一角に東塔の根本中堂の裏にあった八部院が移築されたと『近江の文学碑を歩く』（渡辺守順著、国書刊行会、一九八五）にはあるが、現地を訪れても何の説明表示がないので、確認できなかった。

右上の堂の縁側に、プラスチックのケースが置かれている。その中に参拝者名簿があったので、記入しようと拝見すると、二日前に大阪吹田の人が訪れている。また、帰りに山門のところで、自転車を押して上がってきた若い女性に出会った。なんと雄琴から来たそうだ。その行動力に目を見張った。安楽律院は大河ドラマ「江　姫たちの戦国」や映画「るろうに剣心」などのロケ地として使用されたので、そんなことからも興味を持った人が訪れているのだろうか。

藤原定家の歌碑

ふむだ尓《に》毛《も》ゑ尓《に》しな流《る》てふ此《この》山乃　土とな留《る》身八たの母《も》志《し》幾《き》可《か》那《な》　京極黄門
所詠　為紀又書

歌意　踏むのさえ縁《えにし》と思うこの山の上の土になる（ここに埋葬される）のはうれしいことである

本堂跡の南方の少し高台に歌碑（一三〇×七五×三八チセン）、そのすぐ左手の高みには爪塚がある。碑の正面に右から横書きで「京極黄門定家碑」と刻み、歌は右側面（三八チセン）に刻まれ、定家の歌学を受け継いだ冷泉家《れいぜい》二一世の冷泉為紀《ためもと》が書いている。碑の裏面には「明治二十三年（一八九〇）定家卿六百五十遠忌《おんき》以て之を建つ　安楽律院住職貴宝順代」とあって、安楽律院の建立であることがわかる。藤原定家は比叡山で出家し、明静《みょうじょう》と号した。法名は天台宗の根本経典『摩訶止観《まかしかん》』の「止観明静」からとったという。京極黄門とは、京都の一条京極に定家の邸宅があったことによる俗称。

藤原定家の爪塚

歌碑から左上によじ登るようにして上がると、おそらくこれが爪塚（一〇〇×三三チセン）の石塔であろうと思われるものがある。案内板には存在すると書かれているが、

安楽律院の爪塚

安楽律院の歌碑「ふむだ尓毛」

現地へ来ると表示もないので、どれかわかりにくい。

藤川宿〔米原市藤川〕

北国脇往還《ほっこくわきおうかん》は、中山道関ヶ原から伊吹山《いぶきやま》・小谷山《おだにやま》の麓を通り、北国街道木之本宿へと通じる街道である。藤川宿は美濃から近江に入って最初の宿場町で、古くから軍事的に重要視されていたところである。

藤原定家の寓居跡

『近江輿地志略《よちしりゃく》』は享保八年（一七二三）、膳所《ぜぜ》藩主・本多康敏《ほんだやすとし》の命をうけて藩士の寒川辰清《とききよ》（一六九七〜一七三九）が編纂を始めた地誌である。享保一九年（一七三四）に、一〇一巻一〇〇冊の大作として完成した。近江国全域を対象にした初の本格的な地誌であり、圧倒的な情報量を誇る。その巻八三に「藤川村」と「定家卿寓居跡」が次のように記載されている。

○藤川村　春照村の東南にあたる村地。柏原より一里半北にして、北国街道美濃國境の驛次也。關の藤川といへるは是也。（中略）

〔定家卿寓居跡〕　藤川村に在り。今本陣林氏が家是也といふ。藤原定家卿近流にて三年此地に寓居せり。定家梅・定家石などいへるも此所に在り。世に所謂定家の藤川百首といへるも此地にて詠じ給ふ處也。世間流布の藤川百首錯誤多し。今藤川林兵左衛門家の藏本を以て書寫し此に贅す。

「藤川百首」の冒頭の歌は、

権中納言定家／関路早春　頼みこし関の藤川春きても深き霞にした結びつつ

で、以下合わせて一〇〇首が記されている。「藤川百首」とは全て四字の結題《むすび》から成る百題百首で、春・秋・恋・雑、各二〇首、夏・冬、各一〇首。冒頭の歌に「関の藤川」が詠まれていることから「藤川（藤河）百首」と通称される。

また、『近江山河抄』（白洲正子著、講談社）の「伊吹の荒ぶる神」の項で、正子は次のように述べている。

ある時私は、関ヶ原から遡って、藤川の集落を訪れたことがある。一条兼良はしばらくこの辺に滞在し、『藤川記』という書を残したが、定家も若い頃いたと伝えられ、彼が住んだという旧家も残っている。（中略）このあたりには定家の領地があったから、しばしば訪れたことは事実に違いない。

定家が三年間、領地であった藤川の地に住んでいたことがわかる。「藤川百首」と呼ばれる歌集が存在し、冒頭の歌に「藤川」の地名が入っている。世に伝わっている「藤川百首」は間違いが多いので、寒川辰清が林家の蔵にあった本を参考にして書き残したということである。

国道三六五号の藤川の信号を伊吹山の方向に入る。六〇〇《メートル》ほど進むと、「左　藤川」と書かれた青い看板が目に入る。そこを左に曲がり、一五〇《メートル》ほどで十字路に出る。左手前角に、大きな石垣とその内側に庭園状の遺構が残っていて、定家の屋敷跡と伝えられている。何も表示がないので、地元の方の案内がなければ全くわからない。定家は一時勘当されてこの地に住んでいたとも伝えられている。

藤川宿の藤原定家寓居跡

藤原定家の墓

　寓居跡の十字路から木之本方面へ二七〇《メートル》ほど進むと、小さく「テラバヤシ6」と表示の貼ってある電柱がある。電柱を左に曲がり、二〇〇《メートル》ほど進むと突き当たりが広場になっている。そこに車を停めて、四〇《メートル》ほど奥へ進み、突き当たりを右に二〇《メートル》ほど進むと、「林兵左衛門」家の専用の墓地に至る。他の家の墓地は別の区画にあり、ここだけが特別であることが現場の様子でわかる。三列で二〇基ほど墓石が立つ。最前列の一番左が定家の墓である。これも何の表示もないのでわかりにくい。案内してくれた地元の人が、「林家は今でも〝問屋さん〟と呼ばれている。私の家も林家の土地で、毎年暮れに年貢を持って行く」と言われた。林家は問屋を兼ねた本陣であったので、現在も「問屋さん」や「年貢」という言葉が生きて使われていることに驚いた。年貢とは地代のことで、昔は米で支払っていたのだろうと想像される。

　墓碑は七四×四七×二〇《センチ》の自然石で、向かって右に法名「止観月明静大禅定門大袖儀」、中央にはサン

藤原定家の墓

スクリット語で「空火水地」、左には没年「仁治二年八月二十日止」と刻まれている。林家のいずれかの代の人が、自分の家の墓地に定家を偲んで建立したと考えられる。仁治二年は一二四一年なので、没年も間違いない。法名も合っている。

尚、墓碑は私有地にあるので、立ち寄られる節には、必ず米原市商工観光課(〇七四九－五八－一一二七)に連絡して所有者の許可を得てもらいたい。

28　歌⑲　後鳥羽院《ごとばのいん》

人《ひと》もおし（を）人《ひと》も恨《うら》めしあぢきなくよをおもふゆへ（ゑ）に物思《ものおも》ふ身《み》は

歌意　人がいとしくも思われ、あるいは人がうらめしく思われることよ。つまらなく、この世を思うところから、いろいろと物思いをしている自分は。

出典　『続後撰和歌集』雑

きまり字　「ひとも」の三字

作者　一一八〇～一二三九。第八二代の天皇。譲位後に上皇として院政を執る。鎌倉幕府倒幕のため、承久《じょうきゅう》の乱（一二二一）を起こして失敗し、隠岐《おき》に流され、一九年後その地で没した。この歌は承久の乱の九年前に詠まれたとされている。すでに幕府方との対立が目立ってきた頃の作。『新古今和歌集』を撰するように命じた。

後鳥羽院は高倉天皇の第四皇子で、寿永《じゅえい》二年（一一八三）わずか四歳で受禅された。時は平家討伐の最中であり、後白河法皇の銓衡《せんこう》によって、三種の神器もないままの早急の即位であった。その時の模様を『平家物語』は左のように伝えている。（中略）事実はそんな簡単なものではなかったと思うが、後鳥羽院が幼い時から積極果敢な性質であったことはわかる。（中略）後白河法皇の院政のもとに、幼い天皇はすくすくと成長され、和歌や管弦《かげん》の道に頭角を露《あらわ》し、ことに武芸には熱心であった。法皇が他界された後は政務に専心し、模範的な天皇であったらしいが、在位十五年で、突然位を土御門《つちみかど》天皇にゆずられた。後鳥羽院はまだ十九歳で、新帝は四歳である。

（白洲正子『私の百人一首』）

『平家物語』が「左のように伝えている」の内容を要約すると、高倉天皇（第八〇代・后が平清盛の娘徳子）には皇子が四人いた。徳子が生んだ安徳天皇（第八一代）と次の皇子を平家が西国へお連れした。後白河法皇が残りの二人の皇子のうち、第四皇子がこわがらず法皇の膝の上に乗ったので、後鳥羽天皇にした。つまり、正子の言わんとするところは、「『平家物語』には、こわがらずに後白河法皇の膝の上に乗ったので天皇にしたとあるが、事実はそんな簡単なものではなかったと思う」ということである。三種の神器も用意されていないあわただしい即位であった。しかし、後鳥羽天皇は一九歳で突然退位し、土御門天皇と順徳天皇を後見した。順徳天皇は順徳院（**歌**⑩⑩百敷《ももしき》やふるき軒端《のきば》のしのぶにもなほ《ほ》をあまりあるむかし成《なり》けり）のこと。

後鳥羽院は才能豊かで、「管弦・蹴鞠《けまり》・競馬・闘鶏・今様《いまよう》・連歌《れんが》・作文・武芸・刀剣・水練」すべてに優れていた。歌人としても有名で、23藤原俊成《しゅんぜい》を師として和歌を学び、宮廷で院政を行っていたときに、たびたび歌会を催し、『新古今和歌集』の撰を命じた。四年後に一応の完成をみたが、編集に納得がいかない後鳥羽院は、その後も独自で「切《きり》継《つぎ》」と呼ばれる改訂作業を行なった。やかましく口出しをしたために、撰者の一人、俊成の息子の27藤原定家とは、互いに自分の意見を強く主張して譲らず、不和が生じたと伝えられる。しかし、最初『小倉百人一首』が作成されたときには、世をはばかって後鳥羽院の歌は入っていなかったが、のちに後鳥羽院と息子の順徳院の歌を撰んだのは、定家の後鳥羽院に対する思いであるともいわれている。

建久三年（一一九二）後鳥羽院一二歳のとき、熊野信仰により三四回も熊野三山に参詣していた後白河上皇が亡くなった。源頼朝が征夷大将軍に任命され、鎌倉時代へと入った。鎌倉に武家政権ができたといっても、京都には天皇・上皇を中心とする公家政権が変わらず存続し、後白河上皇の後も、後鳥羽院が院政を引き継ぎ、熊野参詣を二八回続けた。その度に莫大な費用をかけたが、信仰と遊興にかこつけて、大峰の山伏や熊野水軍を手なずけるための戦略であったかともいわれている。のちに紹介する後鳥羽神社にも、鎌倉幕府を打ち負かすための祈りを捧げることを依頼したという伝説がある。どちらも後鳥羽院が四〇歳のときに、承久の乱を起こすための根回しだったとの説がある。

隠岐島に流されてから一九年後に五九歳で亡くなるまで、遠く京から歌人を呼び寄せ、遠島歌合《うたあわせ》を催したり、歌論書『後鳥羽院御口伝』をまとめたりして、和歌に慰められていることがわかる。歌集として『後鳥羽院御集』や『遠島百首』を著している。流罪後に隠岐の主としての風格を次の歌にしている。

われこそは新島守《にひしまもり》よおきの海の荒き浪風《なみかぜ》心して吹け

歌意　我こそはこの隠岐の島の新しい島守だ。隠岐の海の荒く吹く風よ、気をつけて静かに吹いてくれよ。

出典　井上宗雄『増鏡』上、講談社学術文庫、一九七九

ゆかりの地

長浜に後鳥羽院の名前をつけた神社がある。明治時代に名超寺《めいちょうじ》の住職らが明治天皇に直訴して認められた神社である。

後鳥羽神社〔長浜市名越町一七九―一〕

後鳥羽神社は、その名が示すとおり後鳥羽院にゆかりの神社である。

神社の隣にある名超寺《めいちょうじ》は、伊吹山寺を開祖した三修上人の高弟名超童子が平安時代初期に開基したと伝える天台宗の寺である。全盛期には七堂の伽藍と四九の坊院が建ち並んだとされている。源平の争乱が激しかった治承四年（一一八〇）に近江源氏の山本義経と平家方との戦いで焼失したが、文治五年（一一八九）に再建された。建久年間（一一九〇〜一一九九）に後鳥羽院と高僧禅行阿闍梨《あじゃり》が鎌倉幕府打倒を密議した寺としても知られ、後鳥羽院は自身の木像を刻んで寺に残し、宝物として安置した。のちに後鳥羽院を祀る後鳥羽殿が境内に建てられ、そちらに移された。

明治一一年（一八七八）十月、明治天皇が滋賀県を巡幸した際に、関係者が後鳥羽院の木像を大津に運び、天皇がご覧になった。翌十二年には後鳥羽院を祀る新たな社殿建設の許可が下り、翌年に遷宮祭が執り行われ、現在の後鳥羽神社が建てられた。後鳥羽神社は、明治天皇直筆の額を与えられ、その後も明治政府の高官や著名人からの寄付や寄進が相次いであった。次に紹介する三條實美《さねとみ》の書による石標もその一環であろう。

神社へは北陸自動車道神田パーキングの下を通る道を東へ向かう。七〇〇メートルほど先の突き当たりを北に曲がり、二〇〇メートル先を東へ。四五〇メートルほど先の左側に名超寺があり、その先に後鳥羽神社がある。

三條實美書の石標

左手に名超寺に上る階段を見て、道路と垂直に石標が立っている。上方に「後鳥羽神社」と楷書で書かれ、下方に「内大臣公爵　三條實美書」、裏面に「明治三十七年」とある。三條實美とは、幕末・明治前期の政治家である。尊攘派公卿の中心人物となるが、会津・薩摩を中心とする公武合体派のクーデターにより、七卿落ちの一人として長州へ逃れた。維新後は明治新政府に重用され、太政大臣・内大臣を歴任し、国家建設に尽力した。明治一三年（一八八〇）、後鳥羽神社が建てられた後、三條は明治二四年（一八九一）に亡くなっているので、生前の書が明治三七年（一九〇四）になってようやく石標に刻まれたと推測される。

三條實美書の石標

後鳥羽神社の碑

山門から入ると、左手に四メートル近くある石標がある。上方に「後鳥羽　神社碑」と刻まれ、その下に細かい字で彫られているが、わかりにくい。説明板があればと思う。

後鳥羽神社の本殿

その先へ進むと本殿がある。神社も寺もひっそりとしていて、社務所と思われる建物の屋根もかなり崩れ落ちていた。ここに後鳥羽院の歌碑があればと願う。

後鳥羽神社本殿

後鳥羽神社の碑

29

歌⑤　猿《さる》丸《まる》大《たい》夫《ふ》

おくやまに紅葉《もみぢ》踏《ふみ》分《わけ》なく鹿《しか》の声《こゑ》きくときぞあきは悲《かな》しき

歌意　奥山に、一面に散り敷いた紅葉をふみ分けふみ分け来て、妻をしたって鳴く鹿の声を聞くときこそ、秋は悲しいという思いが、ひとしお身にしみて感じられることよ。

出典　『古今和歌集』秋

きまり字　「おく」の二字

作者　生没年不詳。八～九世紀の歌人。『古今和歌集』の真名序《まなじょ》に「大友黒主之歌、古猿丸大夫之次也。(大友黒主《おおともくろぬし》の歌は、昔の猿丸大夫の系列に属する)」と、大友黒主の歌の批評に登場する。三十六歌仙の一人とされているが、実在したかどうかもはっきりしない。全国各地に伝説が残る謎の歌人。

宇治《うじ》から宇治川にそって遡《さかのぼ》ると、右手の山中に、宇治田原《うじたわら》という町がある。お茶の産地で知られた山間の盆地で、大和からも京都からも、伊賀・信楽《しがらき》へぬける間道が通っており、奈良時代以来の古い歴史にいろどられている。（中略）鴨長明《かものちょうめい》の『無名抄《むみょうしょう》』には左のように記してある。

そこの券（証明書）に書きのせたれば、みな人知れり。

田上《たなかみ》の下《しも》に曽束《そつか》といふ所あり。そこに猿丸大夫が墓あり。庄（庄園）の境にて、

（中略）「おくやまにもみぢふみわけ」には、二説あって、自分がふみわけるのか、鹿がふみわけるのか、どちらにもとれる。そういうことも、あまり穿鑿《せんさく》すると、興趣を失うように思われる。しいていえば、自分が紅葉を踏みわけて行く姿に、妻恋う鹿の声が重なって、山の静けさと、秋の寂しさが感じられれば充分であろう。現代語に訳すより、何も考えずにこの歌を口ずさんでいれば、しみじみした秋の気配が迫って来るに違いない。歌でも絵でもほんとうに鑑賞するということは、すべての先入観や偏見を忘れることであり、無心で付き合うことが大切だと思う。

（白洲正子『私の百人一首』）

「はじめに」で述べた白洲正子のいう「感触」とはまさしくこれであろう。「何も考えずに」「口ずさ」む、この「感触」を絶対に忘れることなく、読み返してみたい。

ここまで近江にゆかりのある歌を1～28で紹介してきた。この歌の『小倉百人一首』内での番号は歌⑤なので、本来ならば3歌④の次に来るはずだが、最後の29にしたのは現在の猿丸神社が京都府にあるからである。ところが、正子の文章にもあるように、猿丸神社は大石の曾束（現大津市大石曽束町）にあったという。鴨長明は『方丈記』で次のように記している。

もしはまた粟津《あはづ》の原を分けつつ、蟬歌《うた》の翁《おきな》が跡をとぶらひ、田上河《たなかみかは》をわたりて、猿丸大夫《さるまるまうちぎみ》が墓をたづぬ（時には粟津《あわづ》の原を通って蟬丸の旧跡をたずね、そのついでに田上川を渡って猿丸大夫《さるまるたゆう》の墓に参ることもある）。（神田秀夫校注・訳、新編日本古典文学全集44『方丈記　徒然草　正法眼蔵随聞記　歎異抄』、小学館、一九九五）

さらに、『梅原猛著作集第十一巻　水底の歌』（集英社、一九八二）で梅原猛は次のように述べている。

猿丸神社は、今は禅定寺部落にあるが、昔は曾束にあり、禅定寺にとられたと、曾束の人は今でも悲しがっている。岡氏（猿丸神社の神官）の語るところによると、明治をさかのぼること約六十年、領地争いがあり、その時、猿丸神社は今のところへ移転したという。

現在の神社から一キロほど京都側にある禅定寺（綴喜郡宇治田原町大字禅定寺小字庄地一〇〇）に残る文書によると、中世の禅定寺は近隣との境争論をたびたび起こしており、中でも九条家領（最勝金剛院領）の近江曽束荘との山堺争論は中世から近世末期まで延々と争われたことはよく知られている。

ゆかりの地・歌碑

現在は京都府宇治田原にある猿丸神社と歌碑を紹介する。

猿丸神社〔京都府綴喜郡宇治田原町禅定寺小字粽谷四四〕

神社の由緒書によると、

平安時代の末期、既に山城国綴喜郡曾束荘（現在の滋賀県大津市大石曽東町）に猿丸大夫の墓があったとされ、永年の山境の境界争論により、江戸時代初期にほぼ現在地に近い場所に遷し祀ったものと思われ、その霊廟の上に神社を創建したのが起源（後略）

猿丸神社

とある。神社に伝わる正保二年（一六四五）の絵馬には、禅定寺地区の氏子中が社殿を建立したとある。

猿丸太夫を祭神とする猿丸神社は、歌道の神として崇められ、その徳を慕う詩文・書画などの風雅の道にたずさわる人が多く訪ねている。また、古くは、こぶや腫《は》れ物、出来物を癒す「こぶ取りの神」として、最近では「癌《がん》封じの神」として信仰されるようになった。

滋賀県から県境を越えて、京都へ四〇〇《メートル》ほど入ると、右手に猿丸神社の駐車場がある。本殿を入ってすぐの左側には、病気が治った人々がお礼の意味で奉納したこぶのある木々がたくさん見られる。

表参道を上り、石段上から見下ろすと、二本のヒノキが鳥居の間から見える。その樹齢が二〇〇年ぐらいなので、そのころ今の高台に猿丸神社が移ったと考えられると宮司の岡兵庫さんが教えてくださった。さらに冬至の日には二本のヒノキの間から日の光がまっすぐ入り、本殿まで届くそうで、昔の人の技術力の高さがうかがえるそうだ。山堺争論はあったものの、現在でも禅定寺地区一一〇軒のうち、滋賀県の人と婚姻関係を結んでいる家が多数あり、以前は病院なども大石方面のものを利用していた。所在地は近江ではないが、非常に関わりが深いので本書に取り上げた。

猿丸太夫の歌碑

猿丸大夫詠　奥山に　紅葉ふみわけ　鳴く鹿の　声きく時ぞ　秋はかなしき

道路脇の駐車場に碑（一五五×一一五センチ）がある。裏に平成六年（一九九四）当時の町長の揮毫で宇治田原商工会と村おこし実行委員会が建てたとある。右下の説明碑には、

猿丸大夫は、京滋境界のこの一帯に隠れ住んだ貴人であったと伝えられ、鎌倉期に鴨長明がその墓を訪ねたことが『方丈記』に見え、また江戸期には日蓮宗高僧の元政上人がその後を慕って訪れており
（後略）

とわかりやすい字で説明してある。

猿丸神社の歌碑「奥山に」

「猿丸大夫故址」の碑

表参道の下に車を置き、石段を上ると本殿右手に猿丸大夫の故址がある。祭日に御神水を入れて参拝者に供す石鉢の向こうに「猿丸大夫故址」と彫られた猿丸大夫を顕彰する石碑がある。裏面に昭和三年（一九二八）に京都在住の三宅安兵衛が建立したものと記されている。京都市内にこの人の建てた碑が数十基以上あるようだ。

猿丸神社「猿丸大夫故址」の碑

第三章

現在の小倉百人一首の取り組み

膳所《ぜぜ》高校かるた班、石沢直樹八段、大津あきのた会、「全日本かるた協会」主催の大会、平成三〇年（二〇一八）近江神宮かるた行事暦、五色百人一首大会及び菓子・カクテル・ラッピング電車などを取り上げる。

滋賀県立膳所高等学校かるた班

昭和五七年（一九八二）に膳所高校かるた班が誕生した。今、「大津あきのた会」で、かるたの指導にあたっている石沢直樹八段が高校生の時であった。この時、まだ「かるた班」としては認められていなかった。次の年、石沢さんが卒業して、石沢さんの妹さんが入学して正式に「愛好会」（同好会になる前の呼称）として発足し、「同好会」から「班」（膳所では部と呼称せず、班を使う）へと昇格し、滋賀県内の高校で初めての「かるた班」ができ、現在まで公立高校唯一の部として存続している。

小学校六年生から「大津あきのた会」でかるたに親しんでいた石沢さんがかるた班をつくった動機は、昭和五四年（一九七九）から始まった「全国高等学校小倉百人一首かるた選手権大会」が近江神宮で開催されるようになり、地元の高校生として是非参加したいという思いがあったからだ。この大会は全国の高校生を対象として、「秋の田」に始まる小倉百人一首の普及を図るとともに、競技かるたを通じてより良い人格の形成に資することを目的としている。毎年七月に開催。「かるたの甲子園」ともいわれている。

昭和五四年の開催当初は全国でわずか八校から始まった。石沢さんが出場したのが昭和五七年（一九八二）の第四回大会。このときの各都府県団体戦出場校は一四校であった。しかし、今から一〇年ほど前に三二校を超えて予選からトーナメントとせざるを得なくなり、数年前からは五〇校を超えるようになった。平成三〇年の第四〇回大会は、団体戦は昨年よりもさらに四校増加して六一校（二校出場の県もあり、四五都道府県＋ボストン日本語補習校）、予選を含めた参加校は三六四校に上った。個人戦は昨年と比べて一気に四〇〇名以上増加の二〇〇〇名以上がエントリーしていたが、台風のため当日欠席者が多く、一八八一名が参加した。

膳所高校かるた班の練習風景

膳所高校は、第二三回大会、第三〇回大会、第三八回大会、第三九回大会で全国三位に入った。そして、平成三〇年の第四〇回大会では、準優勝に輝いた。出場最多校は宮城県の宮城学院高等学校の三七回で、三五回の膳所高校と鹿児島県の鶴丸高校が続いている。

競技かるたには現在、A～E級の五つのクラスがあり、A級は四段以上、B級は二、三段、C級は初段、D級は無段、E級は初心者となっている。たとえば、D級で三位以上に入賞すれば、C級の初段になれる。四段になるためには、B級で優勝するか、B級準優勝二回というのが条件になるという厳しい関門をくぐらなければならない。平成三〇年度の部員数は一年一六名・二年一一名・三年九名の計三六名（男子一〇名・女子二六名）。そのうち、A級が三名・B級が三名・C級が九名・D級が二一名いるという。

高校選手権の団体戦は一チーム八人で編成され、一試合に出場するのは五人で、その五人の勝敗で決する。まず、かるた班の中で八名に登録されないと出場できないというスポーツなみの厳しさである。

母校の後輩たちが活躍している姿を平成二九年（二〇一七）一〇月に取材させてもらった。練習は校門を入ってすぐ左手のセミナーハウスの二階の和室で行われている。実にかるた班にふさわしいところで練習をしていて、施設が生きて使われているのは素晴らしいことだと感じた。階段を上がったところの踊り場に「あと32日」と書かれた表示がぶら下げてある。近畿総合文化祭の大会まで取材日からあと三二日ということだそうだ。活動している和室の壁には、周り中、それぞれ部員のことばが添えられて「あと〇日」と張り出してある。自分たちの意欲をかき立てるために工夫をしているのがよく感じられた。優勝を目指しているそうだ。その後、十一月一八日（土）と一九日（日）に開催された大会では、目標どおり第三七回近畿高等学校総合文化祭小倉百人一首かるた部門で優勝を果たすことができた。目標を目指しての精進の賜物である。後輩たちに拍手！

一年生の男子生徒に、なぜかるた班に入ったのか聞くと、「母と妹が漫画の『ちはやふる』を読んでいて、自分も読んだら、とてもおもしろく興味を持ったから」と答えてくれた。「先輩たちを見習って今後とも頑張りたい」と頼もしく語った。一年生の女子生徒は、班活動の紹介ムービーを見て、かっこいいなと思って入ったと、きらきら輝く目をして言ってくれた。

二年生の男子生徒は小学校四年から、女子生徒は小学校二年から「あきのた会」に所属していたそうだ。二年生九名のうち四名が入学前からかるたに親しんでいるとのことである。二年生になり、三年生が引退してからは班の活動を引っ張ってきた二人であったが、班の運営のむずかしさを感じているそうだ。『ちはやふる』にもよく上級生になると部員をまとめるのに苦労する場面が出てきたねと言うと、深くうなずいた。

引退した三年の男子生徒も取材に応じてくれた。「祖母が幼い頃からかるたでよく遊んでくれた。入学してからどのように競技するのか興味があったので、かるた班に入った。一年生の時、三年生の練習に対するストイックさとめりはりのある生活態度に尊敬を覚えた。二年になった時、一年生に非常に実力のある後輩が入ってきてくれた。卒業した先輩と二年の後輩に引っ張られて、二年続けて全国三位になれて、ありがたく思っています」と謙虚に答えてくれた。さらに、かるた班の活動を通して何を学んだとの問いには、「弱気になったらすぐ負ける。心の強さが必要。困難さに立ち向かえる勇気を学んだ」と答えた。顧問の先生にこう言っていますよと告げると、とても満足気であった。同行したカメラマンもよい練習風景が撮れたと、礼儀正しい生徒たちの言動に満足して校門をあとにした。かるた班の立ち上げに尽力された石沢直樹さんはどんな方なのか関心を持った。

石沢直樹八段

インターネットで検索してみると「日本競技かるた史(1)」の「6．競技かるたの現状」に次のような記事があった。

平成元年（1989）の名人戦は、昭和天皇崩御により、従来の1月ではなく4月に行なわれたが、この時史上初めて早慶両校のOBによって名人位が争われたのである。種村名人に挑戦したのは、早稲田大学法学部出身の石沢直樹（早稲田大学かるた会、現・大津あきのた会）であった。結果は、種村が3－0のストレートで石沢を破り、名人戦史上初の早慶戦は慶応に軍配が上がった。その後、早稲田からの名人位挑戦は、平成10年（1999）年まで待たなくてはならない。

　小学校六年生から「大津あきのた会」でかるたに親しんできた石沢直樹さん。膳所高校を卒業して、早稲田大学に進学し、その後「大津あきのた会」に所属して順調にかるた人生を歩んでこられたのかと勝手に思っていた。

　ところが、大学進学後と就職後にもうやめようと思われたことがあった。早稲田大学に進学し、あきのた会の会長さんから「大学でやってはどうか」と勧められた。「本当はやる気がなかったが、一度くらい覗いておかないと会長さんに悪い」と思ってかるた会に行ってみた。当時大学ではかるた部は少なく、早稲田・慶応・国際基督教・東北・筑波・静岡・九州・熊本・宮崎・鹿児島の各大学ぐらいだった。入学後、五月の連休明けに顔を出し、五月末に京都で大会があり、Ｃ級の四位になり、六月初めに仙台での大会で、Ｂ級で初めて出て優勝して、Ａ級になった。昭和五〇年代の終わりころは、Ａ級は三〇〇名ほどいたが、大学生は少ないころである。名人・クイーン戦に出場する選手の練習相手をするために、続けていかざるを得なくなった。「全国大学かるた連盟」の創立にかかわって、大学三年の時に会長を務めた。

石沢直樹八段

　卒業してＮＨＫに就職した。そのときはかるたをやめようと思っていた。そのころ、新人は地元に配属された人が多く、滋賀県に帰ってきた。やめるつもりだったのに、上司から「かるたはやめろ」と言われたので、逆に発憤して、「名人戦に出るくらいになったらいいかな」と思い、早稲田大学かるた会所属のまま名人戦の東日本予選で優勝した。

その後、前述の平成元年（一九八九）の記事にあるとおり、準名人となった。すると、職場での対応が変わってきた。NHKのBSで地域のイベントを紹介する番組が増える中で、平成二年（一九九〇）、平成四年（一九九二）から平成二五年（二〇一三）まで、近江神宮で実施される名人戦とクイーン戦を中継できるようになったのは、石沢さんが準名人になっていたからこそである。八段というのは全国規模の大会で一五回以上優勝してもらえる。物腰のやわらかい、謙虚な石沢さんにお話を伺って、すごい人は違うなとつくづく感じた。ちなみに、九、十段は特に功労のあった者で、会長、副会長の推薦を受け、特別昇段審査会で承認を得た者で、名誉段位である。

平成一七年（二〇〇五）の大津市のパワーアップ事業で、「大津あきのた会」でかるたの入門教室を実施し始めてから、爆発的にかるたをする人が増えたそうだ。

今、高校三年生になる娘さんも、小学二年生から「大津あきのた会」でかるたに取り組んでいる。ご家庭の話をされるときには、いっそう柔和なお顔になり、このお人柄でみなさんを引っ張ってこられたのだなと思った。そこで、しばしば登場する「大津あきのた会」とは何かに興味がわいた。

大津あきのた会

「大津あきのた会」は「小倉百人一首競技かるた」を愛好する人たちの集まりである。滋賀県には昭和四〇年代くらいまでは多くのかるた愛好団体があった。その中で、主に大津市内の会がまとまって「大津あきのた会」が創立されたと言われている。現在小学生から大人まで一五〇名余りが所属している。名前は近江神宮の御祭神天智天皇の1歌①「秋の田の」に由来する。全国でおよそ一七〇ある百人一首競技かるた愛好団体が加盟している「一般社団法人全日本かるた協会」に加わっている。毎年一回行われる全国競技かるた各会対抗団体戦では、今までに三回優勝している。

「大津あきのた会」では「小倉百人一首競技かるた」に興味を持つ初心者の人に実際に「競技かるた」を体験してもらい、会員の競技かるたの技量の向上と、愛好者が世代を越えて、親睦・交流を深めることを大きな目標としている。また、実力向上だけでなく、協調

大津あきのた会の練習風景

性や礼儀作法を学ぶことも重要であると考えている。近江勧学館と大津市民会館で練習に励んでいるほか、大津だけでなく彦根、近江八幡、守山でも練習している。

A級を目指すことはもちろんだが、会員となった人が全員、まずは初段になれるよう指導し、練習することを主眼に活動している。「初段」(C級選手)には、練習を重ねれば一年程度でなることが可能である。

また、5蝉丸の芸能祭(89ページ)では平成三〇年度は「大津あきのた会」による朗詠で開幕されたことは前に述べた。

母子インタビュー

石沢直樹八段より一四歳年下だとおっしゃる「大津あきのた会」会員の宇野さんと中学一年の娘さんに近江神宮勧学館での練習の合間にお話を聞いた。

宇野さんは、小学校一年の時、宇治市のかるた大会で準優勝をした。小学校三年の時、宇野さんの母が「大津あきのた会」を探してくれて、当時大津市民会館で実施されていた教室に通うことになった。教育ママのはしりだった。車で一時間あまりをかけて、アイスクリームのご褒美につられてかるたに親しんだ。前項の石沢さんの妹さんに連れてもらい東京の大会にも出場した。新幹線で京都駅から宇野さんの母に乗せてもらい、石沢さんの妹さんに東京駅に迎えに来てもらい大会に出場したこともあった。結婚、出産があり、一三年間かるたから遠ざかっていた。

宇野さんの娘が小学一年生の時、校内でかるた大会があり、あまり成績がよくなかった。娘が祖母の家に母がもらったたくさんのトロフィーがあるのを見て、母がかるたに深くかかわっているのを知った。娘さんが小学校二年生からお母さんと共に「大津あきのた会」に参加した。子供がやりたいと言ったので、母も復帰したのである。

宇野さんも娘がしたいと言ったからこそまた戻ってきた。かるたがつなぐ素晴らしい人生である。

「自分の子供だけ見ていると、視野が狭くなるが、指導者的立場から自分の子供を見ていると、別の角度から子供を見ることができ、非常にありがたい。会としては人数も増えてきてうれしい反面、なかなか目も届かない。かるたを通じていろんなことを知って身につけてほしい。『あきのた会』から名人・クイーンが出てくれるのが夢で、背中を押したい。かるたが私を育ててくれた」と語った。

現在中学一年生の娘さんは「全然勝てないときはやめたいと思った。けれど、かるた会の友だち五人の存在が私を支えてくれた。今の希望はクイーンになりたい」と。宇野さんが先に語った内容を知らず娘も語った。同じ夢を語る母子がいる。このことに、同じ道に進む親子の強いきずなを感じた。次に、母子の夢に出てきた名人、クイーンとは何か調べてみた。

「全日本かるた協会」主催の大会

名人戦・クイーン戦、全国選抜大会、全日本選手権大会、女流選手権大会等を「全日本かるた協会」が主催する。名人戦・クイーン戦などに出場できるA級選手となるには、高い技術を身につけることが必要である（A級…四段以上、B級…二・三段、C級…初段、D級…無段、E級…初心者）。

2018年1月のクイーン戦（京都新聞社提供）

名人戦・クイーン戦（会場：大津市近江神宮）　一月開催

競技かるたの最高峰を決定する大会で、全国の四段以上の選手が、男女それぞれトーナメント戦を行い、勝ち抜いた選手が一月に現役の名人、クイーンに挑戦するという形式で行っている。名人位決定戦は昭和三〇年（一九五五）から、クイーン位決定戦は昭和三二年（一九五七）から実施されている。毎年一〇月下旬に東日本予選・西日本予選がトーナメント形式で実施される。一一月に東日本予選・西日本予選の勝者が挑戦者決定戦の三番勝負を行い、勝者が決定戦の挑戦者となる。翌年一月に名人と挑戦者で決定戦の五番勝負、クイーンと挑戦者で決定戦の三番勝負を近江神宮で行い、勝者が名人、クイーン、敗者は準名人、準クイーンとなる。平成三一年（二〇一九）からはクイーン戦も五回戦となる予定である。

全国選抜大会（会場：明治神宮）　三月開催

四段以上の選手の中での成績優秀者を選抜して行う大会で、昭和六一年（一九八六）より実施。実力上位者は完全にシードされ、また、選手は全員和装で競技をすることが義務づけられている。参加資格は、最上級であるA級の中でも、全国大会でポイントを獲得した選手のみ、今まさに活躍している選手達が集う大会で、他の大会と大きく違うところが二つ、シード制と順位決定戦があることである。シード制とは現役の名人位・クイーン位、および昨年の全日本選手権覇者、選抜大会覇者、およびポイント獲得上位者（全国大会のA級で入賞すると、基本的に、優勝八点、準優勝四点、三位〈ベスト4〉二点、四位〈ベスト8〉一点のポイントを獲得できる）の、合わせて八名がシードとなる。通常の大会の対戦は全くのランダムだが、選抜大会では、シード選手はベスト八になるまでお互いに対戦することはない。

全日本選手権大会（会場：豊田市産業文化センター）　四月開催

A級（四段以上）登録選手なら誰でも出場でき、男女混合オープン制のトーナメント方式で、その年の実力日本一を決定する大会である。昭和三七年（一九六二）より実施。

女流選手権大会（会場：京都、福井ほか年により異なる）

各級別（A・B・C・Dなど）に、女性日本一を決める華やかな大会で、現在は、選手はすべて和装で競技を行う。昭和三三年（一九五八）から実施。

国民文化祭（会場：各県持ち回り）一〇〜一一月開催

平成一六年（二〇〇四）年から、競技かるたの都道府県対抗の団体戦が「国民文化祭」に加わった。滋賀県チームは今までに準優勝二回、三位一回があり、上位入賞を目指している。

平成三〇年（二〇一八）近江神宮かるた行事暦

「大津あきのた会」の名称にもなっている近江神宮の御祭神天智天皇の歌のゆかりによって近江神宮は「かるたの殿堂」と称され、競技かるたの日本一を競う「競技かるた名人位・クイーン位決定戦」を始め、競技かるたの大会が盛んに開催されている。

近江神宮では、毎年正月に「かるた祭・かるた開きの儀」が執り行われる。かるた祭の後には、「高松宮記念杯近江神宮全国競技かるた大会」が開催され、近年は八百人を超えるかるた選手が全国より参集する。

夏には「全国高等学校かるた選手権大会」が開催され、地方予選を勝ち残った各高校の選手が技を競うことは膳所高校のかるた班のところでも述べた。毎年八月には「全日本大学かるた選手権」が実施される。一年間の行事暦をあげてみると、いかに「かるたの聖地」であるかがよくわかる。

一月六日（土）　競技かるた名人位・クイーン位決定戦
一月七日（日）　近江神宮かるた祭
一月八日（月祝）　高松宮記念杯　近江神宮全国競技かるた大会（ＡＢＣ級）
　高松宮記念杯　近江神宮全国競技かるた大会（ＤＥ級）
三月二一日（水祝）　滋賀県かるた大会
三月二四日（土）　全日本かるた協会読手講習会
三月二五日（日）　全国小・中学生かるた選手権大会（滋賀県立武道館）
五月六日（日）　滋賀県高等学校小倉百人一首かるた大会
七月八・九日（土・日）　関西地区府県対抗かるた大会
七月二七～二九日（金～日）　全国高等学校かるた選手権大会（団体戦・個人戦）

八月一一・一二日（土・日）　全日本大学かるた選手権大会
八月二六日（日）　滋賀県小中学生競技かるた大会
十月二一日（日）　競技かるた名人位・クイーン位決定戦予選
近江神宮で西日本予選　東京で東日本予選
十一月下旬に東京で東西予選優勝者により挑戦者決定戦
一一月三日（土祝）　おおつ光ルくんジュニアカップ百人一首競技かるた団体戦

五色《ごしょく》百人一首大会

平成三〇年（二〇一八）一月二八日に第十九回滋賀県の五色百人一首大会が近江神宮の近江勧学館で行われた。五色（青・桃・黄・緑・橙）の部門で三位までの入賞者は三月に奈良県大和郡山市で開催される近畿大会に出場する。滋賀県のＴＯＳＳ五色百人一首協会滋賀県支部の五十子《いかご》弘祐《こうすけ》先生にお話をうかがった。

二〇年ほど前から全国の各都道府県で開催されるようになり、教師がボランティアで集まり開催している。少しでも多くのスタッフを集めることに大変苦労されている。県大会では毎年だいたい一三〇人前後の参加者だったが、平成二九年から、『ちはやふる』の映画の効果があったのか、各地域での百人一首教室が根付いてきたのか、参加者数が

第19回大会（滋賀県五色百人一首協会提供）

激増（約一九〇名）してきた。定員を超えてしまい、初めてのキャンセル待ちという状態も生まれた。百人一首が多くの子に広がっているのが感じられるそうだ。

五十子先生は「勝って喜ぶ子、負けて涙する子と多くのドラマが生まれたことが印象に残っている。幼稚園の子から中学生までの子が、一枚の札を巡って一生懸命な姿が見られたことも良かった。少しでも多くの子が百人一首に親しみを感じていけるような大会にしていきたいと思っている」と語られた。

五色百人一首は二〇枚の札で行うので、学校での隙間時間で行いやすい。百人一首を通して、男女の仲が良くなったり、負けを受け入れられない子が負けを受け入れられるようになったりする。全国でもそのような実践を多く聞く。小学校一年生で百首を暗唱する子がたくさんいたということもある。取り扱う枚数が二〇枚と少ないので、先生の子どもさんも幼稚園の年少のころからやり始めたそうだ。やっていくうちにあっという間に百人一首を覚え、楽しみながら覚えることができるのも五色百人一首の良いところだそうだ。

先生方のボランティアで開催されていると聞き、時代を担う子どもを育てる貴い取り組みだと感服する。親のしていることを見て、子どもがそのあとをたどる素晴らしさを、大津あきのた会の母子インタビューと同様に、今回の取材でも実感した。百人一首は世代をつなぐ役割も担っているのだ。「負けを受け入れられる」打たれ強い子が育っていってくれることを心から祈っている。

菓子・カクテル・ラッピング電車・その他

小倉百人一首にちなんだ取り組みとして、5蝉丸で菓子の「蝉丸」を紹介した。その他に煎餅・さぶれ・カクテル・ラッピング電車などを記しておく。

かるた煎餅ちはやふる 〔大忠堂　大津市観音寺八－一七〕

大忠堂では以前からかるたの聖地大津を記念して『古今和歌集』の序文に記された六人の代表的な歌人「六歌仙」の僧正遍照、在原業平、文屋康秀、喜撰法師、小野小町、大伴黒主にちなんだ煎餅を出していた。平成二五年（二〇一三）から百人一首に選ばれていない大伴黒主の代わりに紫式部を加えた六種類の絵柄をデザインして「かるた煎餅ちはやふる」としてリニューアルし、販売を始めた。次のように下の句が絵付きで焼かれている。一二枚入りで、五〇〇円＋税。

・僧正遍照　乙女の姿　志はし　とゝめん
・在原業平朝臣　から紅　に　水くゝとは
・文屋康秀　むべ山風を　嵐と云ふらむ
・喜撰法師　世を　宇治山と　人は云ふ　なり
・小野小町　わが身世に　ふる　ながめ　せしまに
・紫式部　雲かくれ　にし　夜半　月かな

近江百人一首さぶれ　〔パレット　大津市皇子が丘三丁目三－二三〕

百人一首のかるたをデザインした洋菓子「近江百人一首さぶれ」を、平成二九年（二〇一七）から菓子製造販売会社「パレット」が開発し、販売している。近江神宮を歩いた時に感じた森の香りをイメージして開発された。同社は「大津の新しい土産物になれば」と期待している。一〇枚入り一〇〇〇円＋税。

かるた煎餅ちはやふる（大忠堂）

近江百人一首サブレ（パレット）

近江米を素材に使い、ジンジャーシナモン味に仕上げたサブレである。表面に、

- 天智天皇《てんちてんのう》　秋《あき》の田《た》の　かりほの庵《いほ》の　とまあらみ　わが衣手《ころもで》は　露《つゆ》にぬれつつ
- 前大僧正《だいそうじょう》慈圓《じえん》　おほけなく　うき世《よ》の民《たみ》に　おほふかな　我《わ》が立《た》つ杣《そま》に　墨染《すみぞめ》の袖《そで》
- 紫《むらさき》式部《しきぶ》　廻《めぐ》り逢《あ》ひて　見《み》しや　それとも　わかぬまに　雲《くも》がくれにし　夜半《やは》の月《つき》かな
- 在原業平《ありわらのなりひら》朝臣《あそん》　ちはやぶる　神代《かみよ》も　聞《き》かず　龍田川《たつたがは》　から紅《くれなゐ》に　水《みづ》くくるとは

など、蝉丸・僧正遍照も含め、十首の歌と絵と丁寧によみがなも付けて、カラーで全首を記してある。サクサクとした食感がよい。カラー入りの絵と百人一首が孫のよい土産になると購入される方もあった。

百人一首カクテル〔琵琶湖ホテル　大津市浜町二―四〇〕

「かるたの聖地」と呼ばれる大津の街をより身近に感じ、大津の魅力発信につながればと、ホテルのバー・ベルラーゴで、平成二九年（二〇一七）九月から十二月末日まで、百人一首にちなんだオリジナルカクテル三種類を提供した。[1]天智天皇では、民を思う

優しい心を柔らかい味わいで表現したカクテルを、さらに、7源融や、26慈円を取り上げ、工夫を凝らして考案された。このカクテルをきっかけに、若い女性の訪れも増え、好評につき継続され、第四弾として平成二九年七月から九月末まで、「夏の訪れ」「七夕」など、時季に合わせた以下の三首のカクテルを出した。

•白妙の衣　持統天皇
「**歌**②春すぎて　夏来にけらし　白妙の　衣ほすてふ　天の香具山」
天香具山に翻る白い衣に夏の訪れを感じ詠まれた歌を、メロンの果肉と白ワインで爽やかな初夏の山に見立て、比叡湯葉で白い衣を表現したカクテル。

•かささぎの橋　中納言家持
「**歌**⑥かささぎの　渡せる橋に　おく霜の　白きを見れば　夜ぞふけにける」
天の川にかかる「かささぎの橋」を、削ったビ

カクテル第4弾（琵琶湖ホテル提供）

ターチョコで表現。隣同士に添えてあるお花とドライフルーツで、一年に一度の逢瀬が叶った織姫と彦星をイメージしたカクテル。

・さねかづら　12藤原定方

「歌㉕名にしおはば　逢坂山の　さねかづら　人に知られで　くるよしもがな」

逢坂山に生える「さねかずら」の実に見立てた滋賀県産アドベリーやブラックベリーと、その蔓《つる》を野菜のピーテンドリルでイメージし、愛しい人をたぐり寄せたいという思いを表現したカクテル。

「ちはやふる」ラッピング電車

競技かるたを扱った末次由紀さんの漫画・映画「ちはやふる」人気にあわせ、「ちはやふる・大津」キャンペーン実行委員会が、観光客の誘致促進をはかり、地域経済を活性化することなどを目的に、平成二四年（二〇一二）七月二四日から京阪電鉄の車両にラッピングを始めた。該当車両の運行ダイヤは前日の夕方にしか決まらず、撮影場所と日時を合わせるのに苦労したが、石山寺駅でなんとか撮影できた。二両とも窓を含む側面全体に絵が描かれ、「ちはやふる／末次由紀」と書かれている。

その他

小倉百人一首にゆかりの深い大津をPRするため、ナカマチ商店街（丸屋町・菱屋町・長等）の主催で「お坊さんめくり大会」を平成二九年度から開催。地元「逢坂の関」を詠んだ蟬丸にちなみ、通常の坊主めくりとは異なり、蟬丸の札を引くと対戦者全員の手札を総取りできるルールとなっている。

また、株式会社ナカザワで作られた「ちはやふる掛け時計」のパンフレットには「ちはやふるで舞台となる近江神宮は天智天皇がおまつりされており、天智天皇は日本で初めて水時計を設置した歴史がある故に近江神宮と時計業界にはご縁がございます」とある。

お菓子やカクテル、各種催し・時計など、百人一首をきっかけにしていろいろ楽しめるように工夫されている。

京阪電鉄の「ちはやふる」ラッピング電車

おわりに

平成二九年（二〇一七）四月に、岐阜県大垣市の奥の細道むすびの地記念館に訪れ、学芸員の高井悠子さんにご案内いただいた。高井さんのご縁で五月はじめ、近江勧学館に寄せていただいた。『近江のかくれ里』『近江の芭蕉』に続く第三作目のテーマを探していたときだった。大津あきた会の石沢直樹さんに出逢い、『おおつ光《ひか》ルくんと行く　百人一首紀行』（大津あきのた会発行）をいただいた。これは大津市版であるが、この近江版を作成したいと閃いた。お二人とも私の母校の後輩であったので、親近感をいだいた。膳所高校のかるた班に取材に行こうと思ったのは、石沢さんがかるた班を立ち上げられたと伺ったからである。このお二人のとの出逢いがなければ、この本は誕生していなかった。さらに、石沢さんに何度もお世話になり、インタビュー記事などにもお忙しい中目を通していただき、適切な助言をいただけたことは、本当にありがたかった。

　こうして『小倉百人一首』の歌や歌人と近江の関連地などを紹介する「近江の文学の道先案内人」として、資料をあたり、県内各地を巡った。資料をあたっていく上でまず一番に困ったことは、資料によって、歌の表記が違うことであった。思いあぐねて、百人一首の研究の第一人者である同志社女子大学吉海直人教授におたずねしたところ、「もともと原本がないので」「それより歴史仮名遣いなどにご注意ください」とお教えいただいた。こんな初歩的なこともわからないところから出発した。

以前から私は歌人の林和清先生の「心にしみる徒然草」の講座に受講生として参加していた。そして、近江勧学館でいただいた『おおつ光ルくんと行く　百人一首紀行』の監修が林先生であるのを見つけたとき、何というご縁だろうと驚いた。底本を決めるところからお世話になり、帯の文章をお頼みしたら、快く引き受けてくださったのは望外の喜びであった。

「近江の万葉集」の取材で知り得た情報を天智天皇・柿本人麻呂の項で紹介し、淡海《おうみ》万葉の会が建立された万葉歌碑にも触れた。『おくのほそ道』の取材で訪れた福島県福島市の信夫文知摺公園《しのぶもちずりこうえん》の源融の歌碑、源融と虎女の墓、藤原実方で宮城県名取市の道祖神社・歌碑・墓も紹介できた。ジグソーパズルがぴたっとあうような喜びがあった。

前著の『近江の芭蕉』のカメラマンであった中川仁太郎氏が、今回も同行してくださった。取材が終了したときに、「芭蕉のときより、はるかにしんどかった」ともらされた。車も運転していただき、ものすごい山道でも走ってくださったおかげで、何とかここまでこぎつけられた。感謝、感謝しかない。また同行してくださった濱村昌義さん、中山辰夫さんには歌碑の採寸や碑の周囲の除草作業などいろいろとお手伝いしていただいた。三人からは「大変だったけれど、めったに行かないところに行けてよかった」と言ってもらえて、ほっとした覚えがある。

平成二九年七月末に、左足首を骨折した。捻挫《ねんざ》かと思っていたら、レントゲンを見て「折れてます」と言われた。ギプスを巻き、夏の暑い最中外出もままならず、逆に原稿書きに集中できた。「災い転じて福となす」であった。ギプスがはずれてから、持病の腰痛をかかえながら、取材を敢行した。一番大変だったのが、菅山寺であった。ウッディパル余呉から車で十分の駐車場に停め、最初山道を下るのだが、落ち葉と小雨ですべりそうで、また骨折したら大変だとひやひやものだった。台風の影響で山門の大ケヤキが一本折れていたところに遭遇した。近江天満宮の屋根もめくれ上がっていた。

一昨年の秋は台風も雨も多く、取材泣かせだった。かと思えば、太陽がかんかんと照って、松の枝が歌碑に映り込み、まだらに写ってしまう。近江舞子の雄松崎では拾い物のブルーシートとひもで工夫して、太陽をさえぎり、何とか撮影していただいたのもよい思い出である。

撰者の藤原定家の歌碑があるという安楽律院も印象に残る。飯室不動寺からの徒歩道ではなく、もう少し先まで行き、車を停めて落ち葉の登り道を三〇〇《メートル》ほど歩くと山門に着く。大津市の建てた説明板に歌碑と塚があると書かれているのに、探すのが難しい。同行の中山さんが以前に飯室不動寺から徒歩で安楽律院に来られた経験があり、歌碑と塚を教えてもらえなかったら、探すのは大変だった。また歌碑の歌に関して、定家の孫為相《ためすけ》を祖とする冷泉家第二四代為任の長女で、第二五代為人夫人、冷泉貴美子氏から直接お教えいただけたことは本当にありがたかった。

高島市新旭町の大田神社では立派な歌碑なのに読めないのは惜しいと思っていたら、揮毫した書が表装され社務所の床の間に飾られていることを教えていただけたのは、ラッキーだった。

第一稿を渡して以降に、米原市藤川に定家の寓居跡と墓碑があるとの情報をいただいた。雪に埋もれていると聞いた。しかし、無事に取材を終えたのはレイカディア大学でご縁のあった堤一博さんと小寺君江さんのおかげである。案内していただかなければとうてい行き着くことのできないところであった。さらに、レイカディア39期の研究発表会の『小倉百人一首』の提案内容にヒントをいくつかいただいた。

また、碑の文字は、現地に行ったときにわかりやすいように、変体仮名などの解読を試みた。題字を書いてくださった小谷抱葉先生はじめ、書の友人稲田浩子さん、義姉の猪飼宣妙さんのお力をお借りした。

一生懸命探したが、すべてを網羅したとは言い切れない。今後本書をきっかけに、こんなところにも『近江の小倉百人一首』関連のものがあるよとか、歌碑があるよなどと広がっていければとてもうれしく思う。

いろいろな方々とのご縁で無事出版にこぎ着けた。取材にご協力いただいた県内各地の方々をはじめ、今回も書名を揮毫してくださった小谷抱葉先生、突然の申し出にもかかわらず帯の素敵な文章を書いてくださった林和清先生、編集でお世話になったサンライズ出版の矢島潤さん、そして校正をしてくれた我が夫に、心から感謝申し上げます。本当にありがとうございました。

平成三一年二月

いかいゆり子

主な参考文献

島津忠夫訳注『新版　百人一首』角川ソフィア文庫、一九九九
白洲正子『私の百人一首』新潮文庫、二〇〇五
白洲正子『近江山河抄』講談社文芸文庫、一九九四
神作光一監修、名古屋茂郎・長谷川哲夫『ハンドブック　百人一首の旅』勉誠出版、二〇〇九
小池昌代『ときめき百人一首』河出書房新社、二〇一七
堀田善衛『定家明月記私抄』新潮社、一九九三
あんの秀子『人に話したくなる百人一首』ポプラ社、二〇〇四
吉海直人『こんなに面白かった百人一首』PHP文庫、二〇一〇
田辺聖子『田辺聖子の小倉百人一首』角川文庫、一九九一
吉海直人『百人一首の正体』角川ソフィア文庫、二〇一六
吉海直人『読んで楽しむ』百人一首　KADOKAWA、二〇一七
吉海直人『だれも知らなかった百人一首』春秋社、二〇〇八
吉海直人監修『百人一首大事典』あかね書房、二〇〇六
織田正吉『絢爛たる暗号　百人一首の謎を解く』集英社文庫、一九八六
織田正吉『謎の歌集　百人一首』筑摩書房、一九八九
有吉保監修『絵解き　百人一首』講談社、一九九一
谷知子編『百人一首（全）』角川学芸出版、二〇一〇
佐佐木幸綱編『口語訳詩で味わう百人一首』さ・え・ら書房、二〇〇三
佐佐木幸綱編『新百人一首をおぼえよう』さ・え・ら書房、一九九六

吉成勇編『近江神宮　天智天皇と大津京』新人物往来社、一九九一
猪股静弥『小倉百人一首』偕成社、一九九三
「湖国と文化」141号、滋賀県文化振興事業団、二〇一二
太田明『百人一首の魔法陣』徳間書店、一九九七
渡辺守順『近江の文学碑を歩く』図書刊行会、一九八五
来栖良紀監修『百人一首の大常識』ポプラ社、二〇〇四
石井正己『図説　百人一首』河出書房新社、二〇〇六
高橋昌明『湖の国の中世史』平凡社、一九八七
神作光一監修『小学生のまんが　百人一首辞典』学習研究社、二〇〇五
いしだよしこ『百人一首の謎解き』恒文社、一九九六
上坂信男『百人一首・耽美の空間』右文書院、一九七九
杉本苑子『流されびと考』文藝春秋、二〇〇二
木船重明『後撰和歌集全釈』笠間書院、一九八八
高橋睦郎『百人一首』中公新書、二〇〇三
戀塚稔『百人一首　21人のお姫様』郁朋社、一九九二
秦恒平『秦恒平の百人一首』平凡社、一九八七
川口謙二『神社めぐり　関西編』三一書房、一九九八
白井永二・土岐昌訓編『神社辞典』東京堂出版、一九九七
滋賀県『湖国百選　社寺』滋賀県文化振興事業団、一九九三
志賀町史編集委員会『志賀町史』第一巻、志賀町、一九九六
平凡社編『寺院神社大事典　近江・若狭・越前』平凡社、一九九七

山岸徳平編『八代集抄』上巻・下巻、有精堂、一九七〇
『初心者にわかる百人一首』メディアックス、二〇一三
末次由紀『ちはやふる』1~34、講談社、二〇〇八~二〇一七
時海結以『小説　ちはやふる　中学生編　1~4』講談社、二〇一二~二〇一三
梅原猛、梅原猛著作集第11巻『水底の歌』集英社、一九八二
三木幸伸・中川浩文『評解　小倉百人一首〈改訂版〉』京都書房、一九七九
角川書店編『ビギナーズ・クラシックス　平家物語』角川ソフィア文庫、二〇〇一
角川書店編『ビギナーズ・クラシックス　おくのほそ道』角川ソフィア文庫、二〇〇一
滋賀県文化振興事業団『近江百人一首』滋賀県教育委員会、一九九三
畑裕子『近江百人一首を歩く』サンライズ出版、一九九四
小田剛『式子内親王―その生涯と和歌』新典社、二〇一二
小田剛『式子内親王全歌新釈』新典社、二〇一三
久保田淳校訂・訳『藤原定家全歌集　上・下』ちくま学芸文庫、二〇一七
近藤芳美選・解説『近江百人一首』近藤芳美／滋賀県教育委員会、一九九二
大津市史編さん室『大津の碑』大津市役所、一九八六
長浜市史編さん委員会『長浜市史1　湖北の古代』長浜市役所、一九九六
高橋昌博編『滋賀　文学碑　所在地　総覧』高橋昌博、二〇〇八
石田吉貞『小倉　百人一首新解』新塔社、一九七五
佐伯梅友・村上治・小松登美『和泉式部集全釈〈正集篇〉』笠間書院、二〇一二
森本茂編『校注　歌枕大観　近江篇』大学堂書店、一九八四
秦石田・秋里籬島『近江名所図会』臨川書店、一九九七

山本利達校注『紫式部日記　紫式部集』新潮社、一九八〇
小宮孝之著、向山洋一監修『五色百人一首で遊ぼう』汐文社、二〇〇五
近江八幡市市史編纂室『水辺の記憶』近江八幡市、二〇〇三
滋賀県市町村沿革史編さん委員会『滋賀県市町村沿革史』第一法規、一九六四
滋賀能楽文化を育てる会編『マンガで訪ねる近江の能』滋賀能楽文化を育てる会、二〇一八
風巻景次郎校注、日本古典文学大系29『山家集　金槐和歌集』岩波書店、一九六一
佐竹昭広他四名校注、新日本古典文学大系1～4『萬葉集　一～四』岩波書店、一九九九～二〇〇三
片桐洋一校注、新日本古典文学大系6『後撰和歌集』岩波書店、一九九〇
小町谷照彦校注、新日本古典文学大系7『拾遺和歌集』岩波書店、一九九〇
久保田淳・平田喜信校注、新日本古典文学大系8『後拾遺和歌集』岩波書店、一九九四
片野達郎・松野陽一校注、新日本古典文学大系10『千載和歌集』岩波書店、一九九三
田中裕・赤瀬信吾校注、新日本古典文学大系11『新古今和歌集』岩波書店、一九九二
秋山虔校注、新日本古典文学大系17『竹取物語　伊勢物語』岩波書店、一九九七
小峯和晃校注、新日本古典文学大系36『今昔物語集　四』岩波書店、一九九四
久保田淳・山口秋穂校注、新日本古典文学大系38『六百番歌合』岩波書店、一九九八
梶原正昭・山下宏明校注、新日本古典文学大系45『平家物語　下』岩波書店、一九九三
小沢正夫・松田成穂校注・訳、新編日本古典文学全集11『古今和歌集』小学館、一九九四
福井貞助校注、新編日本古典文学全集12『竹取物語　伊勢物語　大和物語　平中物語』小学館、一九九四
木村正中・伊牟田経久校注・訳、新編日本古典文学全集13『土佐日記　蜻蛉日記』小学館、一九九五
峯村文人校注訳、新編日本古典文学全集43『新古今和歌集』小学館、一九九五

神田秀夫校注訳、新編日本古典文学全集44『方丈記　徒然草　正法眼蔵記　歎異抄』小学館、一九九五
大津市史編さん室『新修大津市民1　古代』大津市役所、一九七八
井上宗雄全訳注『増鏡　上』講談社学術文庫、一九七九
新潮社辞典編集部編『新潮日本人名辞典』新潮社、一九九一

お世話になった方々（敬称略）

淡海万葉の会
石部高等学校
市神神社
近江勧学館
近江神宮
大津あきのた会
大津市産業観光部観光振興課
大津市まちなか交流館
大津市歴史博物館
大野神社
押立神社
京都新聞
京阪電気鉄道株式会社
湖南市立図書館
猿丸神社
膳所高等学校
膳所高等学校かるた班
蟬丸神社
大忠堂
月心寺

パレット
光風堂
びわ湖大津観光協会
琵琶湖ホテル
びわ湖芸術文化財団　地域創造部
TOSS五色百人一首協会
TOSS五色百人一首協会滋賀県支部

猪飼均　岡兵庫　中山辰夫
猪飼宣妙　木津勝　橋本眞次
石沢直樹　草木勝　濱村昌義
稲田浩子　五十子弘祐　林和清
岩崎謙治　小谷抱葉　福井美知子
宇野杏梨　小寺君江　文室久明
宇野浩子　鈴木靖将　松岡高平
江間瑞恵　高井悠子　冷泉貴美子
大迫利江　堤一博　安田浩子
大塚直之　坪田朋也　吉海直人
大林令湖　中嶋玉城　喜田力文

■執筆

いかいゆり子（本名：猪飼由利子）
近江の文学の道先案内人として、『近江のかくれ里』『近江の芭蕉』（ともにサンライズ出版）を上梓し、白洲正子の近江のかくれ里や松尾芭蕉の近江の句の世界を旅してきた。レイカディア大学米原校で講師を務めるかたわら、草津や石部で古典講座を担当している。

■撮影

中川仁太郎
アマチュアのカメラマン。本職は整体師。
現住所：滋賀県栗東市綣8-2-22

近江《おうみ》の小倉《おぐら》百人《ひゃくにん》一首《いっしゅ》

2019年3月15日　初版　第1刷発行　　N.D.C. 914

著者・発行　いかいゆり子
〒520-3104　滋賀県湖南市岡出2-3-21
TEL&FAX 0748-77-4481
制作・発売　サンライズ出版
〒522-0004　滋賀県彦根市鳥居本町655-1
TEL 0749-22-0627　FAX 0749-23-7720
印刷・製本　サンライズ出版

ISBN978-4-88325-652-5　Printed in Japan